KB121172

로크미디어가
유혹하는
재미있는 세상

이것이 법이다

이것이 법이다 123

2021년 11월 4일 초판 1쇄 인쇄
2021년 11월 9일 초판 1쇄 발행

지은이 자카예프
발행인 김정수 강준규

기획 이기헌 왕소현 박경무 강민구
책임편집 최전경
마케팅지원 배진경 임혜솔 송지유 이영선

발행처 (주)로크미디어
출판등록 2003년 3월 24일
주소 서울시 마포구 성암로 330 DMC첨단산업센터 318호
Tel (02)3273-5135 **편집** 070-7863-8592 **Fax** (02)3273-5134
홈페이지 rokmedia.com **E-mail** rokmedia@empas.com

이것이 법이다

123

자카예프 장편소설

로크미디어

CONTENTS

정리해야 하는 자들

"사람들이 사라지고 있어."

오광훈은 진지하다 못해 무겁고 심각했다.

"사람의 실종이야 하루 이틀 문제가 아니잖아?"

매년 수천 명이 사라지고, 그중 상당수는 결국 찾지 못한다.

물론 한국 경찰이 남자 실종자들을 인정하지 않고 무조건 가출로 처리하는 부분도 있지만, 어찌 되었건 그러한 실종은 한국에서는 흔하게 벌어지는 일 중 하나다.

"그리고 그건 경찰과 검찰의 문제야. 누차 말하지만 우리는 변호사라고. 특수한 경우가 아니면 가능하면 안 끼는 게 좋아."

"이럴 때 써먹으려고 스타 검사를 키우는 거 아냐?"

"그거야 그렇지. 하지만 이게 사건이고 은폐되는 것으로 확정된 것도 아니잖아."

노형진은 말도 안 된다는 듯 말했다.

승진한 후 오광훈에게는 여러 곳에서 사건이 많이 들어오고 있다.

정확하게는 여기저기서 들어온 사건들을 부하 검사들에게 배정해 줘야 하는 처지가 된 것이다.

"그렇지. 그런데 이 짭새랑 검새 새끼들은 실종 사건을 더럽게 수사 안 해."

"뭐, 한국의 고질적인 문제야."

한국에서는 실종 사건에 대한 수사가 거의 이루어지지 않는다.

그들이 진짜 범죄에 휘말렸다는 증거가 나오기 전에는 사건으로도 보려 하지 않는 성향이 강하다.

특히나 남자의 경우는 아무리 나이가 많다고 해도, 그리고 장애가 있다고 해도 무조건 실종이 아니라 가출로 처리해 버리는 버릇이 있었는데, 노형진이 아무리 고치려고 해 봐도 수사의 편의성을 주장하면서 고칠 생각을 하지 않았다.

"그래, 그거야 그렇지. 하지만 이번엔 이상한 점이 있어서 온 거야."

"이상한 점이라니?"

"사건을 분류하다 보니까 실종 사건이 제법 많더라고."

"뭐, 그거야 당연한 거지."

일단 사람이 사라진 것은 엄밀하게 말하면 실종이다.

거기서 가출했다는 명확한 증거가 나와야 가출로 분류하는 게 맞다.

그러니 실종 사건은 많을 수밖에 없다.

"어디서 특별나게 실종 신고가 많아진 게 아니라면 뭐 따로 말할 건 없는 것 같은데."

"나도 알아, 안다고. 그런데 왠지 꺼림칙하단 말이야."

"뭐가?"

"산책을 나간 부자가 실종되는 경우는 본 적이 없거든."

"응? 부자?"

"응."

"단순 가출 아니고?"

"그래. 그걸 보고 이상하다는 생각이 들었어."

"흠…… 특이한 경우이기는 하네."

일반적으로 가출하는 것은 모녀인 경우가 대부분이다.

보통 폭력적인 성향의 남자가 가족들을 폭행해서 어머니가 딸을 데리고 도망가는 경우.

"부자……. 그런 경우는 흔치 않은데."

일단 보통은 남자가 힘이 강하기 때문에 여자가 폭력을 행사해도 힘으로 제압할 수 있다.

그래서 남자가, 부인의 폭력이 무서워서 자식을 데리고 가출하는 경우는 드물다.

"더군다나 자식도 나이가 어린 게 아니야. 열다섯 살이야."

열다섯 살이면 성인은 아니지만 이미 그때쯤 되면 일반적인 여성의 완력을 넘어서기 시작한다.

당연히 어머니가 폭력적이라고 해도 아버지와 함께 그런 폭력을 제압할 수 있는 힘을 가지게 된다.

"기록을 보니까 어머니라는 사람이 폭력적인 타입도 아니고 말이지."

폭력적인 타입이었다면 벌써 연락이 되었어야 한다.

그리고 이혼 절차가 시작되었어야 한다.

남자들은 여자와 다르게 폭력 등으로 가출하면 일단 이혼해서 문제를 해결하려고 하는 성향을 보이기 때문이다.

"그런데 연락도 없고 신고된 것도 없고?"

"그래. 더 웃긴 건, 차량은 발견되었단 말이지."

"차량이 발견되었다고?"

"너도 알다시피 요즘 차에는 웬만하면 도난 방지 장치가 달려 있잖아."

다행히 아버지가 차량을 바꾼 지 얼마 되지 않은 상황이어서 사고 방지용의 도난 방지 장치가 있었고 거기에는 위치추적 장치도 있었다.

그 추적을 통해 차량을 찾았는데, 차량은 어느 도시에 버려져 있었다.

"그래서 경찰은 그걸 가지고 가출로 판단했다? 차량을 타고 다른 도시로 이동했으니?"

"그래. 물론 그날 차량을 타고 나간 것은 확실해. 하지만 그 도시로 갈 이유가 없었거든."

그 도시에는 아는 사람도 없다고 했다.

왜 그런 곳으로 가출을 한단 말인가?

"병신들인가?"

노형진은 머리를 북북 긁었다.

"차를 사 주는 와이프를 두고 가출? 뇌를 진짜 우동 사리로 채웠나?"

와이프가 부자여서 그걸 사 줬다는 소리가 아니다.

차량의 가격은 보통 수천만 원은 한다. 당연히 그런 차량을 살 때는 아내의 허락이 필요하다.

그런데 폭행을 가할 정도의 후안무치한 인간이라면 그 허락을 해 줄까?

폭행이라는 것은 기본적으로 무시에서부터 시작되는 것이다.

그러나 위치 추적 장치가 달려 있을 정도의 고급 차량 구입은 존중을 뜻한다.

즉, 차량을 사는 데 동의했다는 부분에서부터 둘 사이가 나쁘지 않다는 걸 증명한다.

"그런데 남자들이 나갔으니까 그냥 가출이다?"

"그래. 아내분은 충격이 커서 쓰러진 상황이고."

"흠, 답답한 상황이기는 하네. 그런데 네가 단순히 그걸 가지고 문제가 된다고 할 것 같지는 않은데?"

"물론 나도 처음에는 단순 실종 사건인 줄 알았거든. 그런데 느낌이 싸늘하더라고."

"느낌이 싸늘했어?"

"그래. 뭐랄까, 불안감? 그런 거?"

"이유도 없이 그냥 사라지는 게 영 불안하다?"

"그런 부분도 있겠지만……."

오광훈은 서류를 몇 장 꺼냈다.

"동료 검사들에게 부탁해서 받은 서류들이야. 실종 신고가 된 사람들이지."

"제법 많네. 그런데 아까도 말했지만 실종은 생각보다 많아. 물론 찾으려고 한다면 내가 도와줄 수는 있지만."

현실적으로 실종에 대해 가장 확실하게 대응해 줄 수 있는 사람은 다름 아닌 노형진이다.

기억만 읽으면 어디로 갔는지 알 수 있으니까.

"이 사람들이 실종이 아닌 것 같아서 하는 말이야."

"응?"

"출금 기록이 없어."

"뭐?"

"애는 둘째 치고 말이지, 어른은 가출을 했다고 해도 돈을 인출해야 해."

돈을 인출하는 건 어려운 일이 아니다.

실종 신고가 된 거지 은행 이용이 금지된 게 아니다.

은행에서 돈을 꺼냈다면 당연히 그 기록은 경찰에게 넘어오니 그걸 가지고 어디에 있는지 알 수 있다.

"그런데 이 실종자들은 하나같이 돈을 꺼낸 흔적이 없어. 어린애들이야 그럴 수 있다지만 성인도 그럴까? 더군다나 너한테 보여 준 사건은 아버지와 아들이 사라진 거야. 그런데 돈을 가지고 간 것도 아닌데 자식이 굶는 걸 보면서 어떤 아버지가 은행에서 돈을 안 꺼내?"

순간 노형진의 얼굴이 딱딱하게 굳었다.

그게 의미하는 건 하나뿐이니까.

"죽었다?"

"그래서 등골이 싸늘한 거야."

만일 누군가 죽었다면 이건 사고로 분류되기는 힘들다.

그러나 단순히 은행에서 돈을 찾지 않았다는 이유로 살인으로 분류할 수도 없다.

"걸리기 싫어서 현금을 미리 확보해 놓았을 수도 있는 거잖아? 오래 가출을 준비하는 사람들은 종종 그런 경우가 있어. 뭐, 네가 하는 말에 따르면 집안에 별문제가 없다지만 그건 당사자가 아니면 알 수가 없으니까."

"나도 그렇게 생각했지. 하지만 돈은 둘째 치고, 차를 버리고 간다는 건 말이 안 되잖아. 차를 버린다는 건 이동의 편의성을 버린다는 건데."

"하긴, 그건 말이 안 되기는 하네."

가출을 한 사람에게는 이동의 편의성이 매우 중요하다.

일단 가출한 경우 나간 사람은 도망자, 그리고 그 뒤에서 찾고자 하는 사람은 추적자가 된다.

추적과 도망에서 가장 중요한 것은 바로 이동 수단이다.

빠른 이동 수단이 있다면 다른 곳으로 가기 쉬워지니까.

"물론 대중교통을 쓸 수도 있겠지. 하지만 그러기 위해서는 현금을 어마어마하게 들고 다녀야 해. 카드가 안 된다고 생각하면, 아무리 싼 곳에서 지낸다고 해도 못해도 지금까지 수백은 들었을 거야."

"흠……."

"더군다나 돈벌이도 중요하지."

그는 오랜 검사 생활로 사람을 추적하는 법을 배웠다.

만일 가출이라면, 그래서 돈이 없다면 당연히 일을 해서 돈을 벌려고 할 것이다.

그리고 한국의 모든 돈은 계좌 이체로 들어간다.

그럴 수밖에 없다.

만일 현금으로 주게 되면 그 돈은 사업주가 경비 처리로 해결할 수가 없게 되기 때문이다.

그만큼 세금을 더 내야 하는데 어떤 사업주가 그 돈을 현금으로 주겠는가?

물론 특수한 경우, 즉 뇌물을 주기 위한 비자금을 확보한다거나 하는 경우에는 모르지만 일반적인 기업이라면 당연히 계좌 이체다.

"그건 그런데, 단순 노무직 같은 경우는 그런 거 안 따지고 대충 인정해 줘."

원래는 다 신고해 줘야 하지만 매일같이 사람이 바뀌는 노가다 같은 경우는 현금으로 지급되어도 인정되는 경우가 있다.

단순 고용이고, 그 사람이 계속 나오는 경우가 드물기 때문이다.

물론 그런 곳도 목수나 전기기술자같이 전문직인 사람은 제대로 월급을 주면서 붙잡는다.

"하지만 그래도 자기 자식 인생을 망칠까? 열다섯 살이야. 학교에서도 성적이 전교 5등 안에 들었고."

"그건 확실히 이상하네."

가출을 하면 당연히 학교를 못 간다.

한국은 학구열이 강하다.

무슨 문제가 있다면 모를까, 문제도 별로 없는데 굳이 어린 자식의 교육까지 포기해 가며 가출을 결행할까?

"벌써 몇 달이 지났는데 전학 기록조차도 없어. 자식을 아예 학교에 보낼 생각이 없는 게 아니라면 그건 멍청한 짓이지."

노형진은 오광훈의 말에 곰곰이 생각에 빠졌다.

그리고 이내 고개를 끄덕거렸다.

"확실히 그래. 네가 말한 대로 그 학구열에 관한 부분은 아이의 미래에 관한 일이야. 문제가 있다면 그건 아이의 미래와도 연관되는 거겠지."

그러니 아이를 데리고 가출을 결행했을 것이다.

그런데 뜬금없이 아이를 학교에 보내지 않는다?

그렇다면 아이를 위해 가출을 결행한 의미가 없어지게 된다.

"그래서 너한테 온 거야. 아무리 생각해도 이건 좀 수상하다 싶어서."

"흠…… 사건에 관해 문제가 있었던 건 아니고?"

"차는 이미 싹 뒤져 봤어. 심지어 차량의 내비까지 뒤져 봤지. 그런데 아무것도 없어."

"그 말은, 그 도시까지는 이동해 온 게 맞다?"

"아마도. 애초에 목적지는 그 도시에 있는 도서관이었거든."

"도서관?"

"그래. 아이가 좋아했다고 하더군. 아, 부부의 집은 그 도시 가까이에 있는 다른 군이야."

"군이라고 하면…… 대충 알겠네."

시골이다. 당연히 도서관 같은 건 없고, 있다고 하더라도 열다섯 살짜리가 볼만한 책은 그다지 많지 않을 것이다.

"그러면 차는 그 도서관 근처에서 발견되었겠군."

"그래. 유료 주차장에서 발견했어."

"그러면 일단 도서관에는 도착했는데, 주차장이 부족해서 유료 주차장에 차를 대고 도서관으로 이동했다고 봐야겠군."

"맞아."

"혹시 자료는?"

오광훈은 씁쓸하게 웃었다.

그 모습을 본 노형진은 오광훈이 이 사건을 자신에게 가지고 왔다는 걸 상기했다.

"씨발 새끼들."

안 봐도 뻔하다.

단순 가출로 처리하고 최소한의 초동수사도 하지 않은 것이다.

그러니 도서관에 있던 CCTV 영상은 보관 기간이 지나서 삭제된 거고.

"환장하겠네."

"그래서 추적은 불가능해."

"일단 그 차량은 볼 수 있는 거야?"

"일단은."

노형진은 일어나서 코트를 걸쳤다.

"가 보자. 아무래도 가 봐야 알 것 같다."

⚖

"이 차란 말이지."

차량용 증거물 보관소.

증거물로 의심되는 물건 중에서 대형 물건에 들어가는 차량은 이곳에서 따로 보관하는 것이 규칙이다.

다행히 사건이 차량 안에서 벌어진 게 아니었기 때문에 그 차량을 확인하는 것은 어렵지 않았다.

"그래."

3천만 원대 국산 세단이다.

"확실히 사이가 나쁜 건 아니겠어."

"어떻게 알아?"

"세단이잖아."

"그게 다른가?"

"당연히 다르지."

그들이 살고 있는 곳에서 하던 건 농사였다.

그 말은 그들이 타고 와야 했을 차는 이런 세단이 아니라 트럭이라는 거다.

시골에서 농사를 짓는 데에는 트럭만 한 게 없으니까.

"확실히 트럭이 따로 등재되어 있기는 하더라."

"그래, 그렇다면 이 세단은 일종의 세컨드 카란 말이지."

일할 때는 트럭, 안 할 때는 세단을 굴리라는 거다.

"그런데 어지간히 벌어서는 세컨드 카 굴리는 사람은 많지 않아. 군 단위의 수입은 아무래도 도시의 전문직보다는 떨어지는 게 사실이고."

이것이 법이다

그러니 이런 세컨드 카를 사는 걸 허락했다는 건 부부 사이가 상당히 좋았다는 걸 의미한다.

　"아무리 좋게 생각해도 그런 경우는 트럭을 팔고 픽업트럭으로 바꾸는 게 한계거든."

　픽업트럭은 승용 SUV와 트럭의 적재함을 합쳐 놓은 건데, 한국에 그 모델이 있으니 그걸 사면 시내에 다니는 것도 눈치 보지 않으면서 트럭으로도 쓸 수 있으니 일석이조다.

　"즉, 픽업트럭을 샀다면 굳이 이렇게 차 두 대 굴릴 필요도 없다는 거지."

　"그래서, 나온 게 있어?"

　노형진은 고개를 흔들었다.

　"내가 뭐 점쟁이도 아니고, 차만 본다고 뭐가 나오겠냐?"

　물론 노형진이 점쟁이는 아니지만 사이코메트리 능력을 가지고 있기는 하다.

　하지만 그 안에서 그는 아무런 기억도 읽어 내지 못했다.

　'오로지 여기로 올 때의 기억뿐이야. 그리고 그 기억으로 더 확실해졌지.'

　부자의 관계도 좋았고 그 당시 분위기도 나쁘지 않았다.

　어떠한 부분에서도 가출로 보일 만한 부분은 없었다.

　'아무리 봐도 가출할 이유는 없어. 다른 이유가 있는 거야.'

　그렇다면 남는 건 하나뿐이다.

　바로 오광훈이 말한 대로 피해를 당했다는 것.

"하지만 건장한 사내를 제압하는 게 쉽나?"

"당연히 쉽지. 뭔 생각을 하는 거야?"

"응?"

오광훈이 고개를 갸웃하자 노형진은 차에서 멀어지면서 손을 털고 나왔다.

"강력 범죄 피해자의 70%가 남자야. 상대방이 한 명이라는 증거도 없고."

"하지만 다른 곳도 아닌 공공시설이잖아. 누군가 보지 않았을까?"

"아들이 열다섯 살이라며?"

"그렇지."

"그러면 아버지가 계속 따라다니지는 않을 거 아냐?"

남자아이가 열다섯 살이라고 하면 어느 정도 알아서 할 수 있는 나이다.

그리고 공공시설이라는 특성상 아버지도 얼마든지 방심할 수 있는 일이고.

"그러니까 자연스럽게 아버지와 떨어졌겠지."

뭔가 수를 써서 아이를 먼저 납치한다.

그런 후에 아버지에게 접근해서 애한테 무슨 일이 터졌다고 이야기하면서 데리고 나온다.

그리고 사람이 없는 곳에서 아버지도 납치하면 된다.

"일반적인 남자라면, 누군가가 자신에게 해를 끼치려고

한다면 당연히 난리가 나지. 어떻게 해서든 저항할 거야. 하지만 아버지라면 이야기는 달라져."

부모들에게 언제나 최우선은 바로 자식이다.

"그렇지만 이 가설에는 치명적인 문제가 있지."

"혼자는 못 하겠네."

"맞아. 혼자는 못 해."

누군가는 자식을 데리고 있어야 한다.

그리고 다른 누군가가 아버지를 데리고 와야 한다.

"못해도 두 명이야. 많으면 얼마나 될지 알 수도 없고."

"애매하군."

오광훈은 턱을 스윽 문질렀다.

그가 사건을 인지하고 수사하고 있지만 여전히 흔적은 없다.

대략적인 시간이라도 알 수 있으면 좋겠지만 그것도 불가능하다.

그 당시의 CCTV 영상이 모두 지워졌기 때문이다.

직원들도 너무 오래전이라 기억 못 한다고 하고.

그런데 뜻밖에도 노형진은 다른 듯했다.

"난 대충 알 것 같은데."

"뭐? 어떻게?"

"일단 그 도서관으로 가자고. 그곳에서 알려 줄 테니까."

노형진은 주차장으로 향하며 말했다.

도서관에 도착한 노형진은 직원들을 만나거나 CCTV를 확인하지는 않았다.

그 대신 바로 시청각실로 향했다.

"시청각실?"

"그래. 이런 시골에는 아무래도 문화시설이 부족하거든."

영화를 보기 위해서는 당연히 도심까지 나와야 한다.

그런데 영화는 정해진 상영 시간이 있다.

"아들이 뭘 했는지는 알 수 없지. 하지만 둘이 떨어진 걸 봐서는 시청각실에 있진 않았을 거야. 그러나 아버지는 여기를 이용했을 가능성이 높아지지."

피해자인 아버지는 도서관에서 굳이 할 만한 일이 없었다.

책을 좋아한다면 책을 고를 수도 있겠지만 그게 아니라면 어딘가에서 시간을 보내야 한다.

그러면 어디에서 시간을 보내는 게 좋을까?

"이런 시청각실은 보통 영화를 무료로 빌려줘."

문화시설이 없는 군에서 왔으니 영화도 공짜로 보고 시간도 보낼 수 있다.

그사이에 아이는 원하는 걸 할 수 있고.

"아……."

"도서관에 와 본 적이 있어야 알지."

이것이 법이다

노형진은 피식 웃으며 시청각실의 직원에게 다가갔다.

"그리고 그 사용 기록은 모두 남기게 되어 있거든. 다만 전산이 아니라 수기로."

"수기라면, 설마……?"

"그래. 보관 기간과 상관없이 남아 있을 가능성이 크지."

노형진의 말에 오광훈은 뒤통수를 맞은 듯 멍한 표정을 지었다.

그러더니 허겁지겁 신분증을 꺼내서 직원에게 보여 주었다.

직원은 신분증을 확인하고는 안쪽으로 들어가더니 제법 두툼한 서류철 하나를 가지고 왔다.

"그달의 사용 기록이에요. 날짜순으로 되어 있으니까 찾아보는 건 어렵지 않을 거예요."

오광훈과 노형진은 바로 그걸 받아서 넘기기 시작했다.

그리고 얼마 지나지 않아서 이름을 발견할 수 있었다.

"주종태. 사용 시간이 13시 10분부터 14시 20분까지라……."

대략 1시간 10분. 70분간 영화를 본 거다.

"대여한 영상물은 〈퓨터기사단〉……."

노형진은 다시 직원에게 다가가 그 영상물을 요청했다. 직원은 금방 그걸 가지고 나왔다.

"〈퓨터기사단〉. 상영 시간 98분."

그러니까 1시간 38분이라는 소리다.

"보다가 만 거네."

"그래. 아무리 이 상영 시간이 뒤쪽에 제작자 이름까지 포함한다고 해도 70분 만에 나간 건 분명 보다가 멈춘 거지."

왜 그랬을까?

사실 고민할 것도 없었다.

"누군가가 그를 데리고 나간 거군."

누군가 다가와서 그에게 아들에게 무슨 일이 생겼다고 이야기했고, 그래서 그는 다급하게 나간 것이 분명했다.

"일단 내가 도와줄 수는 있는 건 여기까지야."

정황증거는 확실하게 수상하다.

"이다음에 도와주려면 확실하게 의뢰를 받아야 해."

"망할 짭새 새끼들. 제대로 할 줄 아는 게 하나도 없네."

"어쩔 수 없잖아."

지난 몇 달간 공권력은 제대로 행사되지도 못했다.

홍안수는 어떻게 해서든 자신의 자리를 지키기 위해 발악했고, 있는 경찰 병력 없는 경찰 병력 모조리 동원해서 시위하는 국민들을 제압하고 체포하는 데에만 신경을 썼다.

당연히 경찰들도 수사를 제대로 진행할 수가 없어서, 확실한 증거가 없으면 무조건 실종으로 넘겼다.

증거가 넘치는 살인 사건도 수사할 경찰이 없어서 아직 미결인데, 하물며 실종에 거기에다 가출로 처리된 사건이라면 답은 뻔하다.

"지금도 마찬가지인 상황이고."

결국 홍안수가 친위 쿠데타를 일으켰다가 체포당하면서 그 난리가 났다.

　　당연히 그 와중에 한국에는 심각한 혼란이 왔다.

　　당장 아직도 대통령이 없는 상황이다.

　　지금 경찰의 주요 간부들은 오로지 살아남고 승진하는 데에만 매달려 있으니 제대로 수사가 될 리가 없다.

　　"그러니 우리라도 제대로 해야지."

　　노형진은 그렇게 말하며 한숨을 푹 쉬었다.

　　"일단은 가서 우리한테 의뢰하라고 해. 돈이 없다고 하면 대룡평등재단에서 도와줄 거라고."

　　"네가 봐도 이거 뭔가 있어 보이는 거야?"

　　"확실히 뭔가 있어."

　　고개를 끄덕거리는 노형진.

　　그런 그의 표정은 굳어 있었다.

　　"그리고 그 끝이 좋지는 않을 것 같네."

⚖️

　　오광훈은 피해자의 가족들에게 연락해서 새론에 의뢰를 맡기도록 했고, 의뢰가 들어오자마자 노형진은 사건에 합류했다.

　　"피해자 주종태, 그리고 아들 주한수. 둘 다 실종 상태입니다."

2남 1녀에 부모까지, 원래는 5인 가족이었다.

현재는 열아홉 살 큰아들과 열일곱 살 둘째 딸이 충격을 받은 엄마를 케어하고 있는 상황.

"평소에 주종태 씨는 막내아들인 주한수와 사이가 좋았다고 하니 가출은 아닌 것 같고요."

노형진은 슥슥 사건 파일을 넘기며 말했다.

그때 조용히 그걸 같이 보던 고문학이 손을 들었다.

"노 변호사님, 그러면 노 변호사님은 이 사건이 살인이라고 생각하십니까?"

"그럴 거라 생각합니다."

"으음……."

모두의 입에서 신음이 흘러나왔다.

살인 사건이라면 충격은 커질 수밖에 없다.

더군다나 남편과 아들을 동시에 잃게 된 엄마의 충격이 얼마나 클지는 상상도 못 할 지경이다.

"일단 만일에 대비해서 피해자 가족들에 대한 정신적 케어가 필요할 거라 생각합니다. 관련 인권 단체와 연결해서 상담 치료를 바로 시작하는 게 좋을 것 같습니다. 성공하든 실패하든, 좋은 일은 아닐 테니까요."

"그런데 진짜 살인일까요? 증거도 없지 않습니까?"

무태식 변호사는 고개를 갸웃하며 물었다.

그가 보기에는 살인치고는 너무 깔끔했으니까.

"살인일 거라 생각합니다. 특히나 이번 사건의 특징을 보면, 아무래도 연쇄살인으로 이어질 가능성이 높다고 생각합니다."

"뭐? 그게 무슨 말인가? 갑자기 연쇄살인이라니? 아무것도 알려진 게 없는데!"

노형진은 고개를 주억거렸다.

아무것도 알려진 게 없다.

하지만 그 행동만으로 상황을 분석하면 어쩔 수 없이 연쇄살인으로 이어지게 된다.

"일단 숫자가 많습니다. 최소 두 명, 아마도 세 명이나 네 명이 될 수도 있습니다. 피해자를 제압하고 따로 분류해서 끌고 가야 했을 테니까요."

"그건 알 것 같네. 하지만 원한일 수도 있지 않나?"

"일단 주종태 씨는 주변에서 원한을 살 만한 일이 없었습니다. 단순히 비닐하우스에서 농사를 짓는 분이었고, 돈을 크게 빌리거나 한 적도 없습니다. 성격도 호인인지라 주변에서 그다지 적대적인 일도 없었고요. 지역에서도 오래 살아서, 텃세와 관련된 부분도 없습니다."

"흠……."

"더군다나 주종태 씨가 사라진 그때 의심되는 상황은, 누군가가 아들인 주한수 씨를 이용해서 그를 데려간 거라고 추정됩니다. 만일 원한을 가지고 있는 대상이라면 아마 그렇게 순순히 따라가지는 않을 겁니다."

아마도 그런 상황이었다면 일반적인 사람의 행동은 일단 멱살을 잡아 올리며 무슨 짓을 한 거냐고 따지고 들 것이다.

그리고 그런 일이 있었다면 직원이 기억하고 있을 수밖에 없다.

"하지만 주종태 씨는 그러지 않았습니다."

그는 그저 다급하게 영상물을 반납하고 사라졌다.

"그 말은, 딱히 아는 사람이 아니었을 가능성이 높다는 거죠."

"만약 아는 사람의 소행이었다면?"

"그렇다면 그가 누군가를 고용해서 주종태 씨에게 피해를 주려고 했다는 건데, 그러면 결국 다시 원한 문제로 돌아가게 됩니다. 이렇다 할 원한도 없는 사이에 다른 사람들을 고용해서까지 사건을 일으키려고 할까요?"

그건 아무리 생각해도 무리다.

더군다나 주종태가 아는 사람들은 대부분 노인들이다.

어느 시골이나 마찬가지이듯이 농사를 짓는 시골은 대부분 노인들이 사는 게 현실이다.

물론 귀농 한다고 내려온 사람이 없는 것은 아니나, 그들은 주종태의 집과는 좀 떨어진 곳에 집단생활 단지를 지어서 거기서 같이 생활을 하고 있었다.

"주종태 씨는 그 마을에서 청년회장이었습니다. 나이만 보면 말이 안 되기는 하지만, 현재 한국 시골의 상황이 그렇지요."

그는 청년회장으로 사람들을 도우면서 살아오는 데 능숙해서 딱히 원한을 가질 만한 사람도 없었다.

"그 외부에서 온 사람들은요?"

무태식은 진지하게 물었다.

만일 외부에서 온 사람들과 문제가 있다면 그럴 수도 있으니까.

"그것도 없어 보입니다. 주종태 씨의 마을에서는 다른 마을과 다르게 텃세라는 게 거의 없었던 모양입니다."

"그건 마을의 주장 아닌가?"

"아닙니다. 제가 직접 그 낙향 거주지에 가서 물어본 사항입니다."

일반적으로 텃세라는 건 새로 온 사람들에게 뭐라도 뜯어내는 것을 목적으로 한다.

하지만 주종태는 그런 행동을 싫어했고 마을 회장 역시 마을이 살기 위해서는 그런 낙향하는 사람들을 잡아야 한다는 데 동의해서, 서로 잘 어울려서 살았지 딱히 텃세를 부리지는 않은 모양이었다.

"텃세가 없어? 의외로군. 흔치 않은 경우야."

"아무래도 주변에 대도시가 있으니까요."

그렇다 보니 거기에서 왕래하는 사람이 많았던 터라 외부 사람에게 딱히 적대감을 가진 건 아닌 모양이었다.

"결론적으로 말하면, 마을 사람들 사이에서는 주종태 씨를 죽이고 싶어 할 만한 어떠한 이유도 발견되지 않았습니다."

"그런데 범인은 속임수까지 써 가면서 납치했다……?"

김성식은 한참 침묵을 지켰다.

그도 검사로서 오랜 시간 일했다.

그렇기에 딱히 프로파일이라는 걸 배워 본 적은 없지만 경험상 그런 경우에 맞는 범죄 스타일이라는 생각이 들었다.

그는 결국 한숨을 내쉬었다.

"확실히 연쇄살인이 의심스럽기는 하군. 그것도 최악의 형태로."

"최악의 형태라니요?"

조용히 듣고 있던 고연미 변호사가 고개를 갸웃하며 물었다.

최악의 형태라는 게 뭔지 그녀는 알지 못하니까.

"재미 삼아 살인하는 놈들."

"네?"

"치밀하게 뭔가를 준비해서 사람을 죽이는 놈들. 그런데 그 목적이 돈이나 혼란이 아니라, 말 그대로 재미 삼아 하는 타입이 있네. 전에 우리가 해결했던, 사람을 사냥하는 놈들이 그런 부류지."

무태식의 얼굴이 굳었다.

그 당시에 얼마나 난리가 났었는지 기억이 났기 때문이다.

"치밀하게 준비한 점, 그리고 흔적을 남기지 않은 점 등을 생각하면 재미 삼아 살인하는 타입은 맞는 것 같습니다."

"저도 그 기록 봤어요. 그리고 그 당시 프로파일 기록도 봤는데, 그 기록에 따르면 그런 타입은 절대로 멈추지 않는다고 되어 있던데, 그게 사실인가요?"

"사실입니다, 고 변호사님. 절대 안 멈춥니다. 그래서 더 위험하지요."

정신적인 문제가 있어서 살인하는 놈들은 특유의 루틴이라는 게 있다.

특정 피해자 혹은 특정한 방식을 선호한다거나, 정해진 기간을 지켜 가면서 살인한다거나 하는 식으로 말이다.

"하지만 이런 놈들은 그게 아닙니다. 재미를 느끼기 위해 하는 살인이다 보니까, 사실 인내심만 조금 가지면 시간 조절 같은 건 충분히 할 수 있지요."

거기에다가 목적이 뚜렷한 살인이기 때문에 그에 대한 준비도 확실하게 해서 움직인다.

"이런 놈들은 아주 곤란하지. 추적도 힘들어. 특히⋯⋯."

김성식은 긴 한숨을 쉬었다.

한국의 막장스러운 상황이 생각난 것이다.

"지금 같은 대혼란 시기에는 말이야."

한국의 시스템은 지금 대혼란 상태다.

모든 게 오로지 정치판으로 돌아가고 있다.

사방에서 대권 주자들이 기자회견을 하고 돌아다니면서 선거 준비를 하고 있다.

경찰은 그들의 보안에 더더욱 신경을 쓰고 있고.

"이런 놈들이라면 아마도 그 혼란의 시기를 그냥 넘어가지는 않았을 겁니다."

혼란의 시기에는 여러 가지 문제가 발생한다.

그중 하나가 실종이다.

"그런 놈들에게는 완전히 차려진 밥상이지."

"하지만 얼마 전까지만 해도 계엄령 상태였잖아요. 그런데 그 와중에 살인까지 한다고요?"

"어차피 막장 상황이니까요."

이 정도 계획 살인을 하는 놈들이라면 무조건 살인으로 사형이 나온다.

계엄령이라고 해서 뭐 다를까?

도리어 계엄령 상태에서는 처벌이 더더욱 강해진다.

"그들에게는 상관없지요. 잡히지만 않는다면 말입니다."

원래 연쇄살인범들은 잡힐 걸 생각하지 않는다.

그게 두려웠다면 애초에 살인을 하지도 않을 것이다.

"그리고 그 부분도 문제입니다."

"어떤 부분?"

"시신이 없습니다."

두 사람이 죽은 걸로 추정되는 상황이다. 그런데 시신이 없다.

"법의 대명제죠."

시체가 없으면 살인도 없다.

물론 다른 증거들, 가령 사망하고도 남을 정도의 출혈 흔적 같은 게 있다면 모르겠지만, 그런 게 없다면 현실적으로 살인으로 엮어 들어갈 수가 없다.

"그 말은 그놈들에게 시신을 처리할 수 있는 다른 방법이 있다는 겁니다."

단순히 묻어 버리는 것일 수도 있고 또 다른 방법이 있을 수도 있다.

하지만 중요한 것은, 어떤 방법인지 알 수는 없지만 그들이 시신을 은닉할 방법을 찾아냈다는 거다.

"확실히 그들을 추적하는 건 쉽지 않겠군."

"네. 오광훈도 제대로 지원을 요청했지만 거절당했다고 하더군요. 인원이 없다고요."

"인원이 없다라……."

그럴 만도 하다.

오광훈 위에 있는 검사들은 지금 어떻게 해서든 줄을 잡기 위해 몸부림치고 있다. 그들에게 지금 벌어지는 불확실한 사건은 중요하지 않다.

노형진의 말을 옆에서 가만히 듣고 있던 고연미가 인상을 찡그리며 입을 열었다.

"확실히 그러네요. 검찰도 경찰도 그런 상황이면, 우리도 제대로 조사할 수 없겠네요."

"그게 문제입니다."

현실적으로 새론은 고용된 변호사로서 사건의 조사를 할 수 있는 권한은 있다.

그러나 조사할 수 있을지언정 체포할 권한은 없다.

아무리 조사해 놔도 체포가 안 되면 도망갈 기회만 줄 뿐이다.

조사가 시작된 걸 알면 바로 도주하는 게 범죄자니까.

"그러니 현실적으로 그들의 도움을 꼭 받아야 합니다."

"하지만 상황이 이러면 사실상 도움을 받을 수 있는 방법이 없지 않나?"

"그래서 고민입니다."

국가의 모든 것이 오로지 권력만을 위해 달려가는 상황.

이 상황을 해결할 수 있는 방법이 필요했다.

"이럴 때 필요한 게 바로 정치질이지요, 후후후."

⚖

"뭐? 대통령 후보?"

"네. 지금 나선 사람들 중에서 제일 나은 사람이 누구입니까?"

"음…… 어떤 답을 원하는 건가?"

"어차피 상황은 민주수호당 아닙니까?"

민주수호당에서 개가 나와도 당선될 거라는 말이 나올 정도로 지금의 상황은 그들에게 유리하다.

아무리 자유신민당이 자신들은 홍안수와 관련이 없다며 선을 그으려 해도, 현실적으로 그 항변이 먹힐 만한 상황이 아니다.

홍안수는 자유신민당이 프락치로 민주수호당에 심었던 인간으로, 당선된 후에 민주수호당을 배신하고 자유신민당에 붙었다.

그런 상황에서 그가 일본의 스파이였다는 사실이 폭로되자, 이는 자유신민당에 치명타가 되었다.

그렇잖아도 자유신민당은 친일 성향이 강한 정당으로 소문이 나 있었으니까.

그나마 홍안수가 친위 쿠데타를 일으켰을 때 당원 대부분이 탄핵에 동의하면서 선을 그었지만, 지금까지의 이미지가 하루아침에 사라질 순 없다.

"자네, 정치에 끼어들 생각인가?"

"불편하십니까?"

"불편할 건 없네. 자네가 어떤 사람인지 모르는 것도 아니고. 다만 지금까지는 줄곧 거리를 두던 걸 생각하면 이상해서 묻는 게야."

노형진은 고개를 끄덕거렸다.

확실히 노형진은 정치와 거리를 두려고 해 왔으니까.

건드리지만 않으면 신경 쓰지 않는 느낌이 강했다.

그런데 유력 대선 후보를 추천해 달라니?

"사실은 사건이 하나 들어왔습니다."

"사건?"

"네. 그런데 지금 상황이 애매해서요."

노형진은 사건에 대해 설명해 줬다.

전부 들은 송정한은 고개를 끄덕거렸다. 대충 상황이 이해되었기 때문이다.

"결국 정치를 따르는 검찰과 경찰을 통제하기 위해서는 정치인이 필요하다는 건데······."

"그리고 그건 그의 치적이 되겠지요."

정치인을 이용해서 사건을 해결한다기보다는, 이게 정치적으로 이용될 수밖에 없는 사건이라는 게 맞는 표현일 것이다.

그리고 이건 현재 치열한 대권 레이스를 벌이는 정치인들에게 있어서 엄청나게 군침이 도는 사건이 될 것이다.

"어차피 영향력을 줘야 한다면 그나마 올바른 사람에게 주는 게 맞겠지요."

"무슨 뜻인지 알겠네."

노형진의 말에 송정한은 잠깐 고민했다.

이것이 법이다

그는 지금까지 국회의원으로서 많은 사람들을 만났는데, 하나같이 그에게 대권을 부탁하면서 굽실거렸다.

하지만 송정한도 그들이 모두 대통령 후보라고 생각하지는 않았다.

실제로 지명도만을 위해 일단 출마하여 이름만 알리려고 하는 사람도 있으니까.

몇 분이나 지났을까, 마침내 가장 유력한 후보 세 명이 추려졌다.

"일단 현재 가장 유력한 대권 후보는 세 명이야. 조공수, 박기훈, 공신아."

"확실한 겁니까?"

"확실해. 이 셋은 끝까지 갈 걸세. 결국 세 사람 중 한 명이 차기 대통령이 되겠지."

"그러면 누가 그나마 괜찮은 건가요?"

사실 노형진은 민주수호당이 깨끗한 당이라고 생각하지 않는다.

정치인의 차이는 전과 10범과 5범 수준이라 할 만큼, 그 세계는 부패해 있으니까.

오죽하면 정치질을 하려면 일단 음주 운전은 기본으로 깔고 들어가야 한다는 소리가 나오겠는가?

"현실적으로 말하면 가장 유리한 건 조공수지."

현 당 대표인 만큼 홍안수 사건에 대해 가장 공격적인 포지

션을 취해서, 사람들에게는 가장 잘 인식되어 있는 사람이다.

"하지만 옆에서 본 그는 그다지 권해 줄 만한 사람은 아니네."

"어째서요?"

"당 대표네. 그 자리가 깨끗하다고 손에 쥐일 자리라고 보기는 힘들지. 그리고 그동안의 행동 패턴을 보면 미래가 있다고 보기도 힘들어."

"미래가 없다는 게 무슨 말이지요?"

"문제 지적은 잘하는데 해결책은 제시하지 않아. 전형적인 정치인인 거지."

"이해가 갑니다."

현 상황에는 해결해야 하는 문제가 한두 개가 아니다.

그런데 조공수는 문제는 잘 지적하지만 해결책을 내놓거나 대안을 제공한 적은 없다.

즉, 분란은 잘 만들지만 그 이상의 문제는 고민하지 않는다는 거다.

이런 타입은 정치적인 공격에는 능해도 문제 해결 능력은 떨어진다.

"두 번째 후보는 공신아야. 현재 민주수호당의 최고위원이지."

"그녀는 그래도 정치를 잘하는 사람인가요?"

"글쎄."

송정한은 씁쓸하게 웃었다.

"정치야 잘하지. 하지만 개인적으로는 추천하고 싶지 않아."

"네? 어째서요? 잘하는 사람이라면서요?"

"태평성대와 난세에는 요구되는 군주의 자질도 다르지 않나?"

"아, 무슨 뜻인지 알 것 같군요."

공신아는 좋은 사람이고 좋은 정치인이며 또 훌륭한 여성이다.

"그러나 너무 좋지. 사람이 너무 좋아."

지금 대한민국은 난세라고 표현해야 한다. 그런데 그녀는 너무 사람이 착하다.

"피를 봐야 할 순간에도 차마 그러지 못할 게야."

"그랬다가 전임 대통령이 어떻게 되었는지 봤잖습니까?"

"그걸 모르는 바가 아니네. 하지만 그렇다고 해서 사람이 갑자기 변하는 건 아니니까."

정권이 바뀌고 나면 피를 봐야 하는 게 현실이다.

특히 이번에는 더더욱 그럴 거다.

권력을 잃어버린 기존 기득권층이 전쟁을 해서라도 권력을 되찾으려고 할 테니까.

"그녀는 지금이 아니라 조용할 때 대통령이 된다면 잘할걸세."

"그러면 남은 건 박기훈뿐이군요."

"개인적으로는 나쁘지 않아. 다만 한 가지, 아니 두 가지 문제만 빼면 말이지."

"두 가지?"

"일단 세력이 없다는 게 문제야. 평의원이고, 민주수호당에서도 소신파에 속하네."

"그거 참 곤란하군요."

개혁주의자라는 건데, 민주수호당 내부에도 기득권이 있다. 그런 기득권층이 그를 좋게 보지는 않는다는 소리다.

"그래, 아마 그가 칼을 휘두르게 된다면 내부도 칼질할 거야."

"흠……."

"두 번째는, 독재자 성향이 있네."

"네? 설마 홍안수 같은?"

"아니, 그런 것은 아니고…… 표현을 잘못한 것 같군. 그가 민주주의를 거부하거나 그런다는 건 아니야. 하지만 극단적인 방법을 쓸 거라는 건 확실하지."

"극단적 방법이라는 건?"

"그가 주장하는 것들 중 하나가 바로 사형의 시행이야."

노형진은 깜짝 놀랐다.

한국에는 상당히 많은 사형수들이 있다.

그런 만큼 그들의 처우가 문제가 되고 있다.

수십억을 들여서 사형수들을 먹여 살리고 있다는 것에 여전히 사람들이 불만을 가지고 있고 말이다.

"얼마 전에 자네가 그들이 갑질 하는 문제를 해결하지 않았나?"

이것이 법이다

"그랬지요."

"그래. 그 이후에 사형을 진행하자고 하더군."

지금까지 수십 년 동안 한국은 사형을 진행하지 않았다.

일단 사람을 죽여야 한다는 부담감 때문에 누구도 사형집행 서류에 사인을 하려고 하지 않은 것이다.

더군다나 특히 몇몇 국가들, 가령 프랑스 같은 국가들이 사형을 집행하는 경우 정치적 보복을 하는 것도 감안하겠다면서 겁박해 온 것도 사실이다.

"그런데 사형을 한다고요?"

"그래."

"독종이군요."

"독종이지. 그런데 더 무서운 건 뭔지 아나?"

"네?"

"그 인간, 자네와 같은 타입이야."

뜬금없는 송정한의 말에 노형진은 잠깐 생각에 잠겼다.

하지만 도무지 이해가 가지 않았다.

결국 물었다.

"제 욕인가요?"

"그게 아니야. 사람을 가지고 논다는 거지."

"이해가 안 갑니다만."

"아무래도 주요 후보 중 한 명 아닌가? 그래서 잠깐 이야기해 본 적이 있지. 그런데 그의 계획은 상상 이상이더군. 그는 사형을 집행할 계획이 없어."

"네?"

"그 대신에 인질극을 할 생각이야."

사형을 집행하려고 하면 당연히 자칭 인권 국가들은 거품을 물며 막으려고 할 것이다.

"설마, 정치적으로 혜택을 받으려고?"

"자네랑 동류라니까."

단순히 거기까지만 듣고 노형진은 헛웃음이 나왔다.

딱 자기 스타일이다.

뭔가를 가지고 상대방을 뒤흔드는 타입 말이다.

"혹시 말입니다, 그 사람, 인권 단체 이야기는 안 하던가요?"

"정확하게 잘 아는군. 헛소리하는 인권 단체들 문제도 이야기하더군."

즉, 사형을 가지고 흔들며 인권 단체들에 압박을 가하겠다는 거다.

사실 사람들은 인권 단체를, 특히 죄수 인권 단체를 좋게 보지 않는다. 진짜 피해자는 내팽개치는 상황이니까.

"그도 사람인지라 사람을 죽이는 데 거리낌은 있지. 하지만 사형수를 이용해서 협상 카드로 그들의 힘을 뺄 생각이더군."

"재미있네요."

"그리고 한 가지 더 법을 만들 생각이야."

"어떤 법인가요?"

"죄수들의 생활비를 그들에게서 받아 낼 걸세."

한국은 죄수가 되면 먹여 주고 재워 주고 치료해 줘야 한다.

일종의 역차별이다.

노숙자들이 아파서 병원에 오면 치료비가 아까우니 그냥 죽게 놔두라고 공문이 내려오는 나라인데, 반면 정작 죄수들은 배라도 아프다고 하면 CT와 MRI까지 찍어 가면서 확진해 주고 암 환자는 당연하게도 치료도 해 준다.

그게 법이니까.

"물론 그 부분에 대해 치료를 안 하겠다는 건 아닐세. 하지만 범죄자들이 국민들의 세금으로 놀고먹는 꼴은 못 보겠다는 거야."

즉, 먹고 마시는 비용과 치료비까지 모두 죄수들에게서 받아 낼 계획인 거다.

"파격적이군요."

"파격적이지. 그래서 내가 주저하는 거네."

파격적이다. 그래서 너무 위험하다.

지금 민주수호당을 지지하는 사람들 중에는 인권 운동가가 많다. 그런데 그들과 척지겠다는 거다.

"죄수 문제만 해도 이 지경인데 다른 건 어떻겠나?"

해결 방법을 찾기 위해서라면 극단적 선택도 마다하지 않는 타입이다.

그리고 이 타입은……

"난세의 영웅 타입이군요."

"그래. 하지만 한국에서는 지금까지 그런 타입의 대통령이 없었지."

물론 아예 없는 건 아니었다.

하지만 그는 한국의 발전을 이뤘지만 심각한 인권 침해와 자신의 욕심을 채우는 행동으로 인해 여전히 많은 욕을 먹고 있다.

"그런 타입이라면 국민들에게 잘 받아들여지지 않겠군요."

피를 봐야 한다면 서슴없이 보는 타입.

"그래. 그래서 고민 중이야."

"사실대로 말씀드리면 저는 나쁘지 않을 것 같습니다."

"자네와 비슷해서?"

"그런 부분도 있겠지요. 하지만 현실적으로 그가 그런 행동을 한다면 민주주의의 기본적인 원칙이 제대로 작동하겠지요."

"원칙?"

"견제 말입니다."

"아……."

"한국은 삼권분립 국가입니다. 하지만 그게 현재는 아예 작동을 멈췄지요."

원래 입법, 사법, 행정이 분리되어 서로가 서로를 견제하는 게 민주주의의 기본이다.

하지만 지금의 대한민국은 모든 것이 다 대통령의, 아니 홍안수 아래 있었다.

국회의원들은 홍안수의 명령에 따라 국가에 불리한 법을 만들어 냈고, 사법부는 그의 라이벌에게 없는 죄를 뒤집어씌워서 죽이려고까지 했다.

노형진이 그렇게 당할 뻔했고 말이다.

행정부는 애초에 수장이 대통령이었으니까…….

"그가 막나가기 시작하면……."

"결국 입법과 사법이 작동하게 될 겁니다."

물론 그게 그들의 이권 보호를 위해 이루어질 수도 있다.

"하지만 이제는 그걸 감출 만한 시대가 아닌 거죠."

"피를 봐야 한다 이거군."

어느 쪽이든 국민들에게 지지받는 쪽이 살아남게 되는 것이다.

만일 국민이 대통령을 지지한다면 개혁이 이루어질 테고, 기존 세력을 지지한다면 대통령은 식물 대통령이 될 것이다.

"극단적이지만 현 상황에서는 적당한 인재 같아 보이네요."

"그런가? 하지면 여전히 문제가 있네."

"그가 힘이 없다는 거죠?"

"자네도 잘 아는군."

현실적으로 노형진은 정치인들과 손잡고 이번 실종 사건을 해결하려고 했다.

그런데 지금 박기훈은 세력이 너무 작다.

보통 이런 경우라면 검찰과 경찰도 그의 말에 따르지 않는다.

대통령이 될 가능성도 낮은 데다가, 설사 된다고 해도 무시하면 그만이라고 생각하기 때문이다.

"걱정하지 마십시오."

노형진은 씩 웃었다.

"필요한 건 세력이 아니니까요. 후후후."

그들이 있는 곳은 어디?

송정한은 노형진과 박기훈의 자리를 만들어 줬다.

하지만 의외로 박기훈은 노형진에게 호의적이지 않았다.

"엄밀하게 말하면 당신도 개혁의 대상입니다."

다짜고짜 던지는 박기훈의 말에 고개를 절레절레 흔드는 송정한.

그러나 예상했다는 듯 노형진은 그저 피식 웃을 뿐이었다.

"해 보세요, 할 수 있으면."

"못할 것처럼 말씀하시는군요."

"할 수야 있겠지요. 하지만 대통령 임기는 고작 5년입니다. 그 5년 사이에 얼마나 많은 적을 상대해야 하는지 아시는 분이 그렇게 뻥카를 날리시면 누가 믿겠습니까?"

"뻥카요?"

"물론 저도 개혁 대상이겠지요. 기업가로서 국가를 위협할 정도의 힘을 가지고 있으니까. 그래서요? 순위가 얼마나 됩니까? 100위? 200위?"

노형진은 피식 웃었다.

"저한테 오기 전에 이미 레임덕이 시작될 거라는 건 아시죠?"

"으음."

레임덕이라는 말에 박기훈은 순간 말문이 막혔다.

"설마 레임덕 생각도 안 하시고 저한테 그런 말을 하신 거라면 실망입니다."

일반적으로 레임덕은 3년 차쯤 되면 오기 시작한다.

한국은 단임제이기 때문에 두 번째 기회가 없다.

당연히 그때부터 다음 대통령에게 잘 보이기 위한 줄서기가 시작된다.

"저는 박기훈 씨가 보기에는 개혁 대상이지요. 한국 정치인에게 힘을 발휘하니까. 아마도 지금은 그렇지만, 다음번에는 제가 대통령을 만들 수도 있지 않을까요?"

노형진은 실실 웃으면서 말했다.

"그러면 방법은 두 가지겠네요. 저와 적대하면서 제대로 개혁도 못 하고 끌려가시든가, 아니면 최소한 저는 아군으로 두고 일단 큰 적들부터 타도하시든가."

박기훈은 입가에서 웃음기를 거두지 않는 노형진을 가만

히 바라보다가 손을 내밀었다.

"이용해 달라고 하신다면 기꺼이 이용해 드리지요."

"감사합니다."

"아니, 말 몇 마디에 이렇게 덥석 손잡을 거면 애초부터 싸우지를 말지 그랬나."

어이가 없다는 듯 말하는 송정한에게 노형진은 가볍게 웃으며 말했다.

"일종의 동족 혐오라고 보시면 됩니다."

"동족 혐오?"

"비슷하니까, 상대방이 위험한 걸 아는 거죠."

"별······."

노형진의 말에 송정한은 고개를 흔들었다.

박기훈은 그런 송정한에게서 시선을 돌려 노형진을 바라보았다.

"그래서, 필요한 도움이라는 게 뭡니까? 그게 대통령 선거에 도움이 될 거라니, 말도 안 되는 소리 같은데."

"필요한 도움은, 간단합니다. 일단 검찰과 경찰을 족치는 거죠."

"네?"

"현재 검찰과 경찰은 오로지 정치만 바라보고 있습니다. 국민들의 상황에는 관심이 없지요."

선거철마다 벌어지는 일이다.

살인범을 잡는 것보다 주요 선거운동을 경비하는 게 그들에게는 더 중요해진다.

물론 그런 걸 강력계가 하는 건 아니긴 하다.

하지만 아무리 강력계라고 해도 용가리 통뼈처럼 그냥 덤벼서 사건을 해결할 수는 없다.

"다른 후보들은 절대 그렇게 하지 못합니다. 아니, 하기 싫겠지요. 의전을 받고 싶을 테니까요."

공무원들에게 의전은 참으로 애매한 문제다.

가령 국회의원이나 직급이 높은 누군가가 소방서를 찾아간다고 가정해 보자.

그럼 그 시간에만 관할 지역에 출동할 일이 전혀 일어나지 않을까?

그럴 리가 없다.

화재를 진압하거나 긴급 환자를 운송하는 등, 소방관이 해야 할 일은 많기 때문이다.

그런데 뉴스에서 보면 소방관이 다 도열해서 의전을 해 준다.

그사이에 출동했다는 뉴스는 없다.

왜냐? 그사이에는 긴급 출동을 다른 곳으로 돌리기 때문이다.

5분 거리에서 화재가 나도, 의전 중이면 15분 거리의 소방서로 출동을 돌려 버리는 것이다.

"그건 경찰도 마찬가지고요."

이 의전이라는 것은 결국 누군가에게 잘 보이기 위해 하는 행동이다.

더군다나 지금은 선거철이고 후보들 중에서 누가 대통령이 될지 모른다.

"당연히 그들이 방문하면 의전을 해 줘야 합니다. 대통령 된 후에 보복당하기 싫으면요."

의외로 정치인들은 그런 부분에서 예민하다.

"그런데 웃긴 건, 그게 전혀 도움이 안 된다는 거지요. 요즘 꼴 잘 아시죠?"

선거가 진행되자 대부분의 정치인들은 온갖 곳에 방문하면서 선거운동을 한다.

경찰서에 방문하고 소방서에 방문하면서 사진을 찍고, 자신이 각 분야에 대해 신경 쓰는 것처럼 행동한다.

물론 그들은 그 시기에만 그러는 척하는 것뿐이다.

그들이 진짜 관심이 있었다면 소방관은 벌써 국가직으로 전환되었어야 한다.

"당연히 의전도 몇 배가 늘었죠. 그런데 군에 다녀온 사람들은 압니다. 그거 다 개짓거리거든요."

군에서는 사기 진작을 위해 장군이 온다고 하면 일주일 전부터 청소하고 잡초 뽑고 치약으로 바닥을 미싱을 한다.

군대에서 바닥 미싱이라는 것은 치약을 이용해서 내무반

의 바닥을 광을 내고 탈취하는 건데, 보통 장군님들이나 누가 찾아올 때 많이 하는 뻘짓 중 하나다.

물론 사기 진작은커녕 장병들은 귀찮아서 죽으려고 한다.

그렇다고 해서 장군님이 그 장병들이 준비한 모든 걸 확인하고 포상이라도 확 뿌리고 가는 것도 아니다.

한 10분간 사진 찍고 커피나 처마시다가 밥 먹는 거나 찍고 돌아가는 게 장군이다.

심지어 어떤 장군은 새해를 맞이하면서 새로운 마음으로 활동한다고, 1월 1일에 전 장병에게 30킬로미터 완전군장 행군을 시켰다.

병사들에게 필요한 건 휴식이지 행군이 아니다.

그런데 그는 그러한 행동이 장병들의 사기 진작에 도움이 된다고 생각한다.

"어떤 장군이 그러더군요. 아침에 떠오르는 해를 보면서 새해의 마음을 다잡는 게 좋다고 새벽에 전 장병을 깨워서 등산시켰다고. 그런데 과연 장병들이 그걸 좋아할까요?"

그 장군이야 잘 거 다 자 가면서 편하게 생활했으니 그 오랜만의 아침 태양이 감동적일지 몰라도, 병사들에게는 새벽 근무 걸리면 어쩔 수 없이 보는 게 아침 해다. 절대 같을 수가 없다.

"그러한 부분을 공격하면 아마 국민들에게 상당히 많은 공감을 받을 겁니다."

"공감이라……. 하긴 전 국민이 투표하는 상황이니 그게 나쁘지는 않겠지요. 하지만 전관예우를 하는 법조계 사람들이 그런 말을 하니 기가 막히군요."

박기훈의 말에 노형진은 피식 웃었다. 웃음이 나올 만했다.

"일단 전 판사나 검사가 아니라서 전관이 아닙니다. 그리고 엄밀하게 말하면 전관예우는 잘못된 용어죠. 말장난입니다."

"말장난?"

"그렇습니다. 전관예우가 아니라 전관범죄입니다. 좀 직설적으로 표현하자면 전관사기에 가깝지요."

전관예우는 법에서도 인정하지 않고 있다. 그런데 서로 알음알음 챙겨 주는 게 현실이다.

자기도 나갔을 때 대우받고 싶으니까.

"그건 명백한 불법입니다. 그런데 자꾸 전관예우라고 부르는 건, 그걸 합법으로 보이고 싶어서지요."

예우라는 건 즉 예의를 차리는 행위다.

그렇다 보니 그 말에 자주 노출된 사람들은 어느새 그것이 불법이 아니며, 법조계에서 이루어지는 일종의 전통이라 생각하게 된다.

"전관범죄라……."

"법조계에서 용어는 중요한 겁니다. 범죄의 느낌을 없애 버리는 데 성공하면 처벌을 하지 않을 핑계도 생기거든요."

가령 사납금도 그렇다.

택시 업계의 사납금은 불법이다.

엄밀하게 말하면 강탈에 들어간다.

'사납금'이라고 합법적으로 느껴지는 이름을 붙이고는 수십 년째 이어지고 있다.

"당장 양심적 병역 거부도 그렇고요."

군대에 간 사람들은 죄다 양심이 없는 걸까?

아니다. 그들의 양심은 군에서 국가를 지키고 국민을 지키는 것이기 때문에 간 것이다.

"엄밀하게 표현하자면 종교에 의한 병역 거부 또는 개인적 신념에 의한 병역 거부라고 표현하는 게 맞습니다."

그럼에도 불구하고 양심적 병역 거부라고 자꾸 부르는 건, 인권 단체에서 군이라는 조직을 폄하하고 자신들이 양심을 우선시한다는 느낌을 주기 위해서이다.

"대통령이 되면 단어의 선정도 명확하게 하는 게 좋겠군요."

"좋은 생각입니다."

"어찌 되었건 나보고 그들을 고발해 달라 이거군요."

"고발해 봐야 소용없습니다. 엄밀하게 말하면 국회의원도 의전 대상이거든요."

물론 60위로, 가장 말석이기는 하다.

"그러면?"

"말 그대로 까라는 겁니다. 정치의 구태를 벗어나고자 하는 국민들의 열망은 그 어느 때보다 강합니다. 그리고 그 구태 중 하나가 바로 의전이지요."

"흠⋯⋯."

즉, 의전을 받으려고 정치하는 거라면 하지 말라고 공격하라는 거다.

그리고 그것만으로도 박기훈의 정치적 노선을 사람들에게 확실하게 알릴 수 있다.

"특히나 지금까지 가짜 의전을 받았던 놈들은 문제가 될 겁니다."

"가짜 의전?"

"가령 모 정치인 같은 경우는 국회의원도 아닌데 소장급이 나와서 의전을 해 주고 부대를 안내해 줬지요."

그는 국회의원 선거에서 패배했고 당연히 의전 대상이 아닌 민간인이었다.

그런데 소장은 그를 군의 주요 장소에 출입시키고 그에게 군사기밀을 공개했다.

"의외로 그런 놈들이 많습니다."

"음⋯⋯."

"선거는 좋습니다. 하지만 사실 그런 의전을 받는다고 해서 표가 얼마나 들어올 것 같습니까?"

한 가지는 확실하다.

거기에 있던 사람들의 표는 떨어질 것이다.

"그러면 당신이 원하는 건, 정치질 한답시고 의전에 신경 쓰는 놈들이 정치질에 신경 끄기를 원하는 거군요. 의전에 대해서 공격하면 지금 같은 상황에 정치인들이 꺼릴 테니까."

"그렇습니다. 제가 원하는 건 그겁니다."

한국의 선거는 사실 정책 선거라기보다는 흑색 선거 또는 비방 선거에 가깝다.

아쉽기는 하지만 그걸 바꾸기는 어렵다.

그런데 그런 상황에서 박기훈이 의전으로 공격하면 후보들은 그 공격을 피하기 위해서라도 의전을 거부할 수밖에 없다.

당연하게도 경찰이든 검찰이든 모두 자기 일로 돌아갈 것이다.

사람들이 의전에 대해 안 좋게 생각하고 지켜보고 있는데도 의전을 제공한다는 것은, 대놓고 떨어트리겠다는 소리밖에 안 되니까.

박기훈은 그걸 바로 이해했다.

그리고 고개를 끄덕거렸다.

"그 정도야 뭐."

⚖

─정치는 국민들을 위해 해야 하는 겁니다. 지금 뭐 하는 겁니까? 소방서에 가고 경찰서에 가고 군대에 가고 시장에 가고. 정치를 의전을 받기 위해 하는 겁니까? 의전은 존경의 의미로 받아야지, 선거

하는데 여기저기 깔짝거리면서 사진 찍는 용도로 받으면 안 됩니다. 그분들의 노고를 풀어 줘요? 그럴 거면 소방관들 국가직 전환이나 시켜 주든가. 그것도 안 해 주면서 가서 사진 찍고 노고 운운하는 건 웃긴 일 아닌가요? 그 의전 해 주느라고 출동도 못 하고 며칠간 청소하는 건 뭐, 당신들이 하는 일 아니니까 상관없습니까? 경찰에 신고된 실종 사건이 몇 건인데 실종된 사람들은 안 찾고 선거하는 사람 지키고 있어요? 검찰이고 경찰이고 정신 차리고, 정치권에 그만 기웃거리고 지킬 사람을 제대로 특정하세요. 당신들이 지킬 사람은 의전 대상이 아니라 국민입니다!

박기훈의 공격.

사실 공격이라고 보기도 애매했다. 누군가를 대상으로 하는 게 아니었으니까.

하지만 그 반응은 어느 때보다 좋았다.

-와, 말 잘하네.

-씨발. 한 거 좆도 없는 새끼들이 꼭 이럴 때만 돌아다니면서 의전 받더라.

-내가 군에 있을 때 국회의원 온다고 2주간 청소한 거 생각하면 지금도 치가 떨린다.

사람들은 한국 특유의 권력층의 과도한 의전에 불만이 많았다.

당연히 그 부분을 공격하는 박기훈에 대한 지지도는 빠르게 올라가기 시작했다.

"그나마 다행이네. 덕분에 그나마 수사가 진행되기 시작했으니."

인터넷의 댓글을 보고 정치인들도 어느 순간 돌아다니는 것을 멈췄다.

물론 시장 같은 곳은 간다.

서민적인 이미지를 어필해야 하니까.

하지만 바쁜 곳, 특히 소방서나 경찰서 같은 곳은 더 이상 가지 않게 되었다.

거기서 쓸데없이 의전을 받으면 박기훈과 비교되기 때문이다.

물론 정치인들 입장에서는 의전을 받고 싶겠지만, 그걸 대놓고 말하면 선거에서 표가 줄어드는 건 당연한 일이니 말을 못 할 뿐이었다.

"그래서 뭐 좀 나왔어?"

원래는 의전이나 선거 유세를 보호하기 위해 동원되던 사람들이 수색으로 돌려졌다.

그 때문에 뭔가 나오지 않았을까 하는 생각에 노형진이 물었지만 오광훈은 고개를 흔들었다.

"아니, 나온 게 없어. 아무것도 없더라고."

이것이 법이다

"실종 이후에 다른 건? 그 당시에 그곳에서 나간 차량에 대한 전수조사 같은 건?"

"대부분은 끝났어. 한 대만 빼고."

"한 대만 빼고?"

"그래. 그 한 대가 의심스러운데 어디에 있는지도 몰라. 애초에 잡을 방법도 안 보이고."

"그게 무슨 소리야?"

"23마 0000인데, 차량 조회를 해 보니까 추적이 불가능하더라고."

"응?"

"영상에 의하면 대형 차량이야."

그리고 분명 등록된 차량이다. 그러나 번호가 달랐다.

"분명 등록된 차야. 같은 차종에 같은 모델, 같은 색깔까지. 그런데 그 차가 아니더라고."

"그걸 어떻게 알아?"

"버려진 차였거든."

차량 번호를 추적해서 주인을 찾아보니, 강원랜드에서 저당잡혔다고 했다. 그래서 대포차라고 생각했다.

그런데 이후 그 차량이 버려진 채 발견되었다. 대포차로 끌던 놈이 차량 사고 이후에 버린 것이 견인되어 온 것이다.

"뭐야? 그러면 그놈이 색깔을 맞춰서 차량 넘버를 훔쳐 왔다는 소리네?"

"그래."

"환장하겠네."

즉, 차량 번호판을 훔쳐서 달아 의심에서 벗어났다는 거다.

단속을 해도 차량 넘버상 같은 색상의 같은 차가 나오니 의심을 안 할 수밖에.

"그제야 경찰도 아차 싶었는지 수사를 시작하기는 했는데……."

그렇게까지 준비한 범인이 심심해서 벌인 짓은 아닐 테니 당연히 치밀한 조사가 이루어지기 시작했다.

하지만 이미 증거는 다 사라진 후여서 추적할 만한 건 아무것도 없었다.

"흠……."

버려지는 차는 생각보다 많다.

그런 차량의 번호판을 훔쳐 낸다면, 현실적으로 추적하는 것은 쉽지 않다.

"아무래도 네가 말한 대로 연쇄살인범이 맞는 것 같은데 말이지."

문제는 그놈을 잡을 방법이다.

연쇄살인범이 맞는다면 다른 피해자도 있을 수 있다.

피해자가 더 늘어날 수도 있고.

"시신은?"

"애석하게도…… 어디에 숨었는지조차도 알 수가 없으니까."

이것이 방이다

무작정 산을 뒤진다고 시신이 나오는 것은 아닐 것이다.

더군다나 살인자라면 땅속 깊은 곳에 시신을 묻었을 가능성도 분명 존재한다.

그렇다면 현실적으로 그들을 잡을 방법은 마땅치 않은 게 사실이다.

"일단은 의심스러운 피해자들을 특정하기 시작했어. 다만 그것도 쉽지는 않지만."

"취향이 특정되지 않았군."

이런 살인범 집단은 누구를 특정할지 알 수가 없다.

보스가 있다면 그 보스의 타입에 따라가겠지만, 그렇지 않고 평등한 형태라면 각자의 취향에 따라 달라지기 때문이다.

"그래서 실종자 위주로 검색하고 있어. 다만 그 실종자들이 워낙 많다 보니……."

"쉬운 일은 아니겠네."

노형진은 고개를 끄덕거렸다.

절대 쉬운 일은 아닐 것이다.

"그러면……."

노형진은 잠깐 생각에 잠겼다.

현실적으로 이번 사건에서 보여 준 그들의 모습은 치밀하다.

'단순히 사람을 피해 다닐까? 아니야. 이놈들은 자신이 있는 놈들이야.'

보통 사람을 납치하려면 으슥한 곳에서 납치하는 방향으

로 한다.

그런데 당당하게 대낮에 사람이 많은 도서관에서 납치했다.

'그리고 즉흥적이지.'

원래 피해자들인 주종태와 주한수는 도서관에 갈 계획이 없었다.

주말이라서 갑자기 가게 된 것이었다.

전날 결정된 거다.

그리고 그게 특별한 행사가 아니었기 때문에 주변에 딱히 소문을 낸 일도 없었다.

그저 언제나처럼 아침에 가족과 인사하고 집에서 나왔다.

그 말은, 그 범인들이 대담하게도 그 둘을 보자마자 살인의 대상으로 삼았다는 걸 의미한다.

평소에 감시하면서 그들을 잡아 올 생각이었다면 기회는 많았을 것이다.

주종태는 자신의 밭에서 혼자 일하는 경우가 많았고, 주한수는 수업이 끝나면 혼자 버스를 타고 오니까.

버스에서 내려서 제법 오래 걸어야 집에 도착하는 만큼 기회는 많았다.

그 말은 그 많은 기회를 버렸다는 건데……

"아마도 범인은 즉흥적으로 피해자를 골랐을 거야."

"치밀하게 감시한 게 아니고?"

"그래, 치밀한 감시는 아니야. 즉, 피해자들의 뭔가가 범인을 자극했다는 거지."

"접수된 사건 기록은 없는데."

오광훈의 말에 노형진은 고개를 흔들었다.

"접수된 사건을 이야기하는 게 아니야. 반대로 접수되지 않은 뭔가가 범인의 배알을 뒤틀리게 했을 가능성이 높아."

그게 무엇인지는 모른다.

하지만 그것 때문에 그들이 피해자들을 희생양으로 낙점한 것이다.

"이런 타입이라면…… 아마 실종자들 중에서 예상하지 못한 실종자들을 구분해야 할 것 같다."

확실하게 구분할 수는 없겠지만 일정이 있느냐 없느냐와 그 일정이 반복적이냐 아니냐의 차이도 있다.

범인이 특정 상황을 노린 거라면 피해자들에게 공통점이 있을 것이다.

"피해자의 특징이 아니라 상황이라……."

"그래. 가끔 그런 타입의 범죄자들이 있어. 희귀한 편이기는 하지만 말이지."

그리고 그 상황에 맞는 실종자를 찾는 것은 경찰과 검찰의 책임이었다.

아무리 변호사라고 하지만 다른 사람들의 사건에 접촉할 수는 없는 일이니까.

"일단은 빨리 서둘러 봐. 느낌이 안 좋으니까."

노형진은 오광훈에게 그렇게 말하고는 조용히 생각에 잠겼다.

실종 사건들 중에서 의심스러운 사건들을 골라내기 시작하자 몇 가지 특징이 나타났다.

그리고 그런 사건들을 모아 보자 생각보다 문제가 많아졌다.

"의심스러운 사건이 대략 여덟 건이야. 희생자는 열두 명 정도 되고."

"열두 명?"

"그래. 동시에 사라진 사람들이 제법 많아."

즉, 이번 사건처럼 가족끼리 나갔다가 죽은 걸로 의심되는 경우가 많다는 거다.

"더 큰 문제는 그 시간이야."

오광훈은 그런 사건들을 분류하고 내밀며 한숨을 쉬었다.

"이 실종은 홍안수 사건이 벌어지고 나서 시작된 것들이야."

"홍안수 사건이 벌어지고 나서라니?"

"홍안수가 일본의 스파이라는 증거를 네가 공개하고 나서부터 시작되었다는 거지."

특히 홍안수를 몰아내기 위해 시위에 나선 사람들 중에서 희생자가 많았던 모양이다.

옆에서 조용히 듣고 있던 김성식의 눈이 커졌다.

"그러면 그런 시위자들을 노렸다는 건가?"

"그건 아닙니다. 하지만 그들이 만만해 보이기는 했을 겁니다."

"어째서?"

"전국에서 몰려들었으니까요."

홍안수 탄핵 시위에 모여든 사람들은 100만 명이 넘는다.

전국에서 벌어졌지만, 주요 시위는 광화문 일대에서 이루어졌다.

그 당시 기록을 보면 지방에서 올라온다는 이야기도 많았다.

역사의 한 흐름이었고, 그 역사적 순간에 같이 있고자 하는 사람들이 있었으니까.

"그렇게 시위한 사람들이 돌아가는 게 문제죠."

시위하러 온 사람이 100만 명이 넘는다.

모이는 데에는 몇 시간이 걸리겠지만 흩어지는 건 시위가 끝나자마자 바로다.

"그때 누가 태워 준다고 하면 어떻게 하시겠습니까?"

"응?"

"누군가 태워다 준다고 하면, 거절할까요?"

"낯선 사람의 차에 타려고 할까?"

"낯선 사람의 한계가 문제죠."

몇 시간 동안 같이 붙어서 시위하고 서로 이야기를 나눈다면 낯선 사람이라는 느낌은 흐려지는 게 사실이다.

"설마……."

"최적의 사냥터인 셈이지요."

노형진은 딱 이런 스타일의 범죄자를 본 적이 있다.

물론 그건 미국에서였지만, 한국이라고 그런 놈이 활동하지 말라는 법은 없다.

"접근하는 방법은 간단합니다."

일단 시위하려고 하는 사람에게 접근한다.

그리고 몇 마디 이야기를 나누다가 어디서 왔냐고 물어본다.

현실적으로 전국에서 사람들이 몰려들기 때문에 그게 딱히 이상한 질문은 아니다.

"그리고 거기에 맞춰서 대화를 시작하는 거죠."

상대가 온 곳을 이야기하면 살인범들도 우연이라고, 자신도 거기서 왔다면서 계속 같이 붙어 있는 거다.

일단 잠깐만 붙어 있으면 몰려드는 사람들 때문에 자리를 옮기는 게 힘들어져서 자연스럽게 시위 내내 움직이지 못하게 된다.

"그리고 사위가 끝나면 그들을 태워 주겠다고 이야기하는 겁니다."

광화문 일대에는 주차장에 한계가 있기 때문에 차를 가지고 오지 말라고 시위대 쪽에서도 부탁했다.

그러니 혼자 오는 사람들은 차를 가지고 오지 않을 가능성이 높다. 거기는 평소에도 주차장이 부족한 상황이니까.

"그리고 몇 시간 동안 같이 시위하고 나면 낯선 사람이라는 느낌은 사라지게 되지요."

더군다나 대통령이라는 거대한 적에 맞서 같이 싸운 사람이다.

약간의 동질감 같은 것도 느끼게 되면서 그렇게 경계심이 흐트러지는 것이다.

"하지만 그 사람이 차를 함께 타고 가면서 저항하지 않을 리가 없지 않나?"

"보통은 길이 이상하면 저항하겠지요. 하지만 시위는 밤새도록 이어집니다."

일반적으로 시위는 오후 5시쯤부터 시작해서 새벽 3시쯤까지 이어졌다.

만일 평일이라면 그 당사자는 낮에 할 거 다 하고 와서 시위에 참가해야 한다.

"피곤하지요. 춥고 힘들고요. 더군다나 그 어마어마한 숫자가 한꺼번에 광화문과 서울 밖으로 나가기 시작합니다. 못해도 두 시간 이상 심각한 정체가 일어날 겁니다. 꼼짝도 하기 힘들 겁니다. 그러면 적당히 머리 쓰기도 좋지요."

어차피 나가면 정체다. 그리고 밤새도록 떨었다.

시위하는 동안 딱히 음식을 얻어먹거나 한 것도 아니다.

그렇다면 어떻게 할까?

"뭔가 먹고 움직이겠군."

김성식은 빠르게 눈치챘다.

"맞습니다. 일단 얼마나 내려가야 하는지 모르지만 길도 막히니 무엇으로든 배를 채우자고 하겠지요."

그렇게 뭔가를 먹고 든든한 상황에서 차에 올라타 따뜻한 히터가 돌아가기 시작하면 어떻게 될까?

"잠들겠네."

오광훈은 고개를 끄덕거리며 말했다.

"맞아. 잠들 거야."

그렇게 되면 살인범들에게 제압은 일도 아니다.

"이놈들은 치밀하게 준비하는 놈들입니다. 이 정도의 함정을 파는 건 어려운 일이 아닐 겁니다."

노형진은 진지한 표정으로 말했다.

두 사람은 고개를 끄덕거렸다. 확실히 가능한 작전이다.

"그러면 그들을 찾아내는 게 문제군."

"일단 가장 중요한 건 차량입니다."

"차량?"

"네. 그들의 계획은 기본적으로 차가 있어야 가능합니다. 그렇다면 미리 차를 거기에다가 두고 기다리지 않겠습니까?"

"……!"

그리고 광화문 일대의 주차장 숫자는 뻔하다.

"그 당시의 주차장들을 뒤져 보면 뭐라도 나올 겁니다."

노형진은 자신 있게 말했다.

⚖

경찰은 그날부터 그 지역의 주차장을 이 잡듯이 뒤지기 시작했다.

하지만 나오는 게 없었다.

물론 차들은 꽉꽉 채워지고 있었다. 하지만 그런 차들을 모두 추적할 수는 없었다.

그나마 다행인 것은 주차장들은 모두 입출차가 관리되기 때문에 번호가 남아 있다는 것 정도였다.

"그런데 겹치는 번호가 없어."

물론 아예 없는 것은 아니다.

하지만 확인해 본 결과 다 정상적인 차량이었다.

주변의 차량이거나, 그 당시 시위에 자주 참가한 사람의 차량이었다.

"그 시위에 자주 참가한 사람의 차량이 의심스럽지는 않아?"

"애석하게도 그건 아니던데. 신분도 확실하고, 더군다나 알리바이도 존재하고."

노형진에게 이야기하던 오광훈은 답답한 듯 입술을 깨물었다.

사건이 진행되면서 희생자로 의심되는 사람들이 점점 더 많이 나오기 시작한 것이다.

그 시위 당시의 실종이라는 특정된 사항을 넣고 조건을 돌려보자 지방에서 실종 신고가 된 사람들이 올라오기 시작한 것.

어느 사이엔가 실종자는 벌써 스무 명을 넘어가고 있었다.

"거의 모든 주차장을 확인해 봤어. 하지만 의심스러운 차량은 없더라고."

"흠……."

노형진은 고민에 빠졌다.

확실히 그들은 차량을 이용했다.

하지만 어떻게 차량을 걸리지 않게 됐을까?

'불법 주차? 그건 아닐 거야.'

그 시기에는 이 지역에 불법 주차 자체가 불가능했다.

사람이 앉아 있을 자리도 없는데 차를 어디다 둔단 말인가?

더군다나 불법 주차를 하면 시민들의 불만이 가중되어서 그때는 무차별적으로 견인해 가던 시기였다.

"도대체 차를 걸리지 않게 두는 게 가능해, 한국에서? 이게 무슨 작은 장난감도 아닌데?"

물론 CCTV를 확인할 수는 있다.

그러나 한꺼번에 수만 대가 서울을 벗어나는데 그중에서 범인 차만 특정하는 건 불가능하다.

'걸리지 않는다……. 걸리지 않는다라…….'

노형진은 투덜거리는 오광훈의 말을 들으며 사진을 휙휙 넘겼다.

각 주차장에서 찍힌 사진들이다.

하지만 특이 사항은 없었다.

그러던 어느 순간, 노형진의 머릿속을 스치고 지나가는 한 가지 가능성이 있었다.

"혹시 말이야, 너 모텔도 뒤져 봤니?"

"모텔?"

"어."

"모텔은 왜?"

"끄응."

아니나 다를까, 오광훈의 입에서는 당연히 모텔에 대해서는 모른다는 이야기가 나왔다.

그리고 노형진은 자신이 놓치고 있던 게 뭔지 알 수 있었다.

"모든 주차장은 완전 자동화로 돌아가잖아."

극히 일부 주차장을 제외하고는, 요즘 주차장들은 카메라로 번호를 인식하고 자동으로 입출차를 한다.

사람을 두고 근무시키는 것보다는 그게 더 싸게 먹히기 때문이다.

"그런데 말이야, 그놈들은 자기들이 걸리는 걸 무척이나 꺼리고 있어. 그러면 당연히 차량 번호를 찍지 않는 주차장을 고르려고 하겠지. 이놈들은 지능형 살인범들이라고."

"그런데?"

"모텔은 차량에 대해 따로 돈을 요구하지 않아."

"응?"

"모텔 중 일부는 주차장에 CCTV가 있기는 하지만 따로 요금을 징수하지는 않는다고. 그마저도 없는 곳들도 있고."

그럴 수밖에 없는 게, 한국의 모텔은 상당수가 커플을 대상으로 영업하는 성향이 있다.

한국에는 연인들이 관계를 맺을 만한 공간이 많지 않다.

그래서 많은 사람들이 모텔에서 관계를 가지는데, 그중에는 불륜 커플도 많다.

그렇다 보니 그런 사람들은 자신들의 신분 노출을 꺼리는 부분이 있다.

설사 불륜이 아니라고 하더라도 한국은 성관계의 표현에 보수적이기에 커플이 성관계를 하러 모텔에 갔다는 것이 드러나는 것을 그다지 좋아하지 않는다.

"모텔들은 그래서 차량에 대해서는 따로 감시하지 않아. 그런 걸 찍어 놨다가 나중에 불륜하고 엮이면 증인으로 막 끌려다닐 테니까."

"모텔……?"

"그래. 그리고 광화문이 아니라 어디라도 모텔의 주차장은 기본적으로 감춰진 내부 주차장 형태야."

그래야 외부에서 사진을 찍는 걸 막을 수 있기 때문이다.

실제로 모텔에서 나오는 커플들 중 나이가 좀 있는 커플을 찍어서 불륜으로 협박하는 범죄자들이 종종 있기 때문에 대부분의 모텔 주차장은 안에 있으며, 외부에 자신의 모습을 드러내지 않고 바로 모텔로 들어갈 수 있는 구조를 가지고 있다.

"그놈들이 자신들을 감추고 싶다면 그 동선이 최고의 선택인 셈이지."

"모텔……. 모텔은 생각도 못 했는데……."

"단순히 주차장으로만 쓴다는 건 보통 생각하기 힘드니까."

분명 그들은 그곳을 주차장으로 썼다.

문제는 그런 모텔들은 아무래도 상대방을 특정하는 게 쉽지 않다는 것이다.

호텔의 경우는 대부분 신분 확인을 하고 체크인을 하지만 모텔의 경우는 신분 확인 절차를 따로 거치지 않는 경우가 많다.

일단 돈만 주면 되는 것이다.

"같이 가자."

노형진은 자리에서 일어났다.

"광화문 일대에는 모텔이 많지 않을 거야. 그 지역은 그렇게 모텔이 많이 생길 만한 구조는 아니니까. 그러니 그곳을 뒤지면 흔적이 나올 가능성이 높아."

"바로 사람을 보내도록 하지."

"아, 현금으로 결제한 사람을 찾으라고 해. 그리고 현장 결제 위주로."

"현장 결제?"

"그래. 그들은 자신들의 신분이 드러나는 걸 꺼리고 있어. 하지만 인터넷 예약은 기본적으로 자신의 신분을 써 놔야 하지. 그러니 분명 현장 결제를 하는 수법을 썼을 거야."

노형진은 다급하게 사무실에서 나갔다.

"더 늦기 전에 어서 움직이자고."

광화문에는 모텔이 그리 많지 않았다.

그에 비해 그 시기에 거기서 자고 간 사람은 엄청나게 많았다.

여건이 되는 사람은 아예 모텔에서 쉬다가 밤에 시위에 참가한 뒤 다시 쉬고 낮에 나갔기 때문이다.

그 덕분에 생각보다 수사의 진행이 빨랐다.

"현금 결제를 한 사람이라……. 거의 없었을 텐데."

모텔 사장은 기억을 더듬으며 말했다.

"그때는 대부분의 방이 거의 다 예약이 되었던지라……."

아예 쉬고 가려고 하는 사람도 많았고, 노형진이 말한 것처럼 끌고 온 차를 댈 곳이 없어서 모텔을 쓴 사람도 있었다.

"하여간 방의 90% 이상은 예약되었었고 그나마 빈방도 대부분 카드 결제를 해서……."

"그러면 그 당시에 현금 결제를 한 사람이 아예 없었습니까?"

"아! 딱 한 팀 있었네요."

"딱 한 팀요? 명수는 모릅니까?"

"네, 딱 한 팀. 몇 명인지는 잘 모르겠어요. 아디시다시피 여기에 왔다 갔다 하는 사람들이 자기 일행이 총 몇 명이라고 이야기하는 것도 아니고, 또 추가로 들어온다고 해도 그걸 알 수 있는 방법도 없고."

그렇게 말하며 사장은 어깨를 으쓱했다.

하긴 그건 사실이다.

나중에 누가 스윽 들어간다고 해도 그 사람이 추가로 온 일행인지 아니면 기존 방 고객인지 붙잡고 물어보지 않는 이상 알 방법이 없으니까.

"무조건 방을 현금으로 얻으려고 하더라고요. 솔직히 놀랐죠."

"왜요?"

"크흠……."

모텔의 사장은 헛기침을 했다.

그리고 왠지 기어들어 가는 목소리로 말했다.

"그때가 뭐…… 대목이고…… 아시다시피 이런 사업이라

는 게, 그럴 때는 약간의 가격 변동이⋯⋯."

쉽게 말해서 바가지를 씌웠다는 거다.

하긴 그 당시 기록을 보면 작은 방 하나에 12만 원, 13만 원 하던 시기였다.

모텔이나 호텔 같은 곳이 성수기와 비수기에 차이가 나는 것은 그다지 특이한 사항도 아니다.

"그러면 얼마 받으셨습니까?"

"그게⋯⋯ 48만 원⋯⋯."

"야, 이 미친⋯⋯!"

조용히 듣고 있던 오광훈이 기가 막혀서 소리를 지르자 사장은 더더욱 움츠러들었다.

"어⋯⋯ 그게 어쩔 수 없었다고요. 거기는 스위트룸이고⋯⋯."

"씨발, 스위트고 설탕이고, 평일에 방 하나에 48만 원이 말이나 되냐!"

그리고 현금으로 냈으니 그건 제대로 신고도 안 들어가고 꿀꺽한 거다. 즉, 탈세다.

"그 스위트⋯⋯ 아니다. 하여간 그건 우리 소관이 아니니까 참아. 시기가 그런걸."

"끄응."

"그래서 그 사람들은 어떻게 했나요?"

"뭐⋯⋯ 방을 한 사흘 정도 빌렸는데, 그다지 관심을 안 가져서⋯⋯."

그러면 140만 원이 넘는 돈을 벌었다는 거다.

"시위 관계자인가 싶기도 하고."

"그 사람들이 타던 차가 뭔지 기억하십니까?"

"차량 번호는 기억이 안 나고요. 그, 소르테였어요."

"소르테?"

"네, 검은색 소르테."

노형진은 오광훈을 돌아보았다.

검은색 소르테. 도서관 사건에서 의심되는 차량이었다.

"그들이 어디로 갔는지 아시나요?"

"모르죠. 체크아웃 할 때도 그냥 열쇠만 놓고 가니까."

아무래도 모텔의 특성상 누군가와 대면하는 걸 불편하게 생각하는 사람들이 많기 때문에 엘리베이터 안에는 작은 바구니가 비치되어 있는데, 퇴실할 때 열쇠를 그 바구니에 담으면 수시로 확인해서 수거하고 퇴실로 처리한다.

"그래도 퇴실 날짜는 아시죠?"

"네. 기록에 남아 있으니까."

사장이 꺼내 준 기록을 살펴보니 실종일과 정확하게 맞아 떨어졌다.

"그 이후에는 안 왔나요?"

"그건 다른 직원에게 물어봐야 해요. 제가 접수받은 것만 기억하지 다른 건 잘 몰라서."

"일단 확인 부탁드립니다."

아마도 그들은 다른 모텔도 이용했을 가능성이 높다.

"그리고 그 방, 볼 수 있을까요?"

"그거야 어렵지 않지만 이미 청소가 끝났는데요."

"그래도 한번 보고 싶습니다."

노형진의 말에 사장은 열쇠를 꺼내서 건넸고, 오광훈은 바로 과학수사 팀을 부른다면서 전화기를 꺼내 들었다.

먼저 올라가서 그 방에 들어간 노형진은 주변을 스윽 한번 휘둘러봤다.

"일단 침대는 아닐 테고."

침대에서 잤는지 안 잤는지 확인할 수도 없거니와 이런 곳의 침대는 시트를 간다. 그러니 그때의 기억이 있을 가능성은 높지 않다.

이곳에서 지냈다면 모르지만 그럴 가능성은 높아 보이지 않는다. 일단 계단과 복도에 CCTV가 있기 때문에 신분을 드러내고 싶지는 않을 테니까.

과학수사 팀이 오면 이곳을 뒤지겠지만, 결정적인 증거가 나올 가능성은 없어 보였다.

누군가 이 시설을 쓴다면 어디를 쓸까?

노형진은 그렇게 두리번거리다가 목욕탕에 있는 욕조를 보았다.

"흠?"

한국은 욕조가 그다지 많지 않다.

대부분의 가정에는 욕조가 없다.

물론 아파트 같은 경우에는 있지만, 숨어 지내는 일이 많은 사람의 평소 주거지에는 욕조까지 있지는 않을 가능성이 크다.

"실제로 모텔에서 목욕하는 사람도 있기도 하고."

일단 물 온도를 자기 마음대로 할 수도 있고 또 느긋하게 그 안에서 시간을 보낼 수 있기에 때로는 모텔을 목욕탕 대신에 쓰는 사람들도 종종 있다.

특히 스마트폰을 목욕탕에 가지고 갈 수는 없으니까.

"혹시 모를 일이니까."

노형진은 그곳에 손을 대고 눈을 감은 후 천천히 기억을 읽기 시작했다.

얼마 지나지 않아서 기억을 읽어 내는 데 성공했다.

일단 방을 빌린 날짜와 시간을 알고 있기에 그걸 추적하는 건 어렵지 않았다.

그리고.

"흥흥흥."

느긋하게 욕조에 들어가 있는 한 남자가 느껴졌다.

그는 욕조에서 시간을 보내며 뭐가 그리 즐거운지 행복한 듯 콧노래까지 부르고 있었다.

'범인이 아닌가?'

설마 살인범이 이럴 것 같지는 않아서 노형진은 살짝 당황했다.

하지만 상대방은 그런 마음을 아는지 모르는지 계속 느긋하게 목욕만 하고 있었다.

그의 손에는 핸드폰이 들려 있고, 드라마가 재생되고 있었다.

'일본 드라마?'

대충 보니 일본 드라마였다.

물론 핸드폰으로 일본 드라마를 보는 건 불법이 아니다. 다운로드가 불법이라면 그건 다른 문제가 되겠지만 말이다.

'자막이 없다?'

그런데 거기에 자막이 없었다.

화면은 빠르게 넘어가는데 자막은 전혀 보이지 않았다.

'일본어를 잘하는 건가?'

일본어를 알아듣지도 못하는 상황인데 그걸 보지는 않을 테니까.

'별거 없군.'

현실적으로 그의 주변을 볼 때 그 기억에서 다른 걸 찾을 수는 없었다.

'차라리 옷이라도 입고 있거나 했다면 모르는데.'

그런데 옷을 다 벗고 탕 속에 있으니 그마저도 없다.

느긋한 상황이라 그런지, 중요하고 진지하게 생각하는 것도 없다.

　그 순간 울리는 벨 소리.

　살짝 짜증이 난 듯한 표정을 지으며 남자는 빠르게 전화를 받았다.

　"모시모시."

　남자의 입에서 튀어나오는 능숙한 일본어.

　그런데 그가 수화기 너머의 상대와 대화하는 짧은 순간, 그의 작은 기억이 노형진에게 흘러들어 왔다.

　그것을 본 노형진은 순간적으로 소름이 돋았다.

　'이런 미친 새끼들!'

넓은 세상?

　얼마 후 오광훈이 과학수사대를 데리고 와서 온 방 안을 뒤지기 시작했다.

"표정이 왜 그래?"

"응? 아니야."

"뭐, 귀신이라도 본 표정이다?"

"귀신이라……."

노형진은 피식 웃었다.

"그럴지도 모르지."

"뭘 찾은 거야?"

"아직은. 다만 느낌이 안 좋아서 그래."

노형진은 그러면서 그곳을 나왔다.

하지만 마음속은 대혼란이었다.

'이건 진짜 생각도 못 했는데?'

그 남자는 일본인이었다.

지금까지 살인마가 외국인일 거라는 생각은 해 본 적도 없었다.

그런데 남자가 전화를 받는 순간 접한 기억은 그가 일본인이라는 사실에 확신을 더해 주고 있었다.

대혼란의 시기에 살인을 즐기기 위해 한국으로 넘어온, 일본인 살인마 집단이었다.

'이제는 살인마들도 국제적으로 놀기 시작했단 말이야?'

생각해 보면 언젠가는 벌어질 일이었다.

일본이라고 연쇄살인범이 없겠는가?

더군다나 일본의 수사 방식은 상당히 전근대적이고 후진적이다.

그렇다 보니 일본은 연쇄살인에 대한 추적을 잘 못한다.

더군다나 일본은 한국처럼 국민들 개개인의 식별 번호가 없기 때문에 그들을 추적하는 것도 힘들고, 또 혼자 사는 사람들도 많기 때문에 희생자를 알아보기도 힘들다.

'이걸 어떻게 설명하지?'

오광훈은 노형진의 능력에 대해 모른다.

그런 상황에서 노형진이 자신의 능력으로 기억을 읽어 냈다고 하는 건 영 좋은 생각은 아니다.

이놈들이 일본 놈들이라고 언급할 다른 방법도 없고 말이다.

'조금만 더 기억을 읽었다면…….'

그놈은 전화를 받자마자 바로 일어나서 욕조 밖으로 나갔다.

그 때문에 다른 기억은 읽어 내지 못했다.

다른 동선도 추적해 봤지만 애석하게도 쓸 만한 건 없었다.

"그래, 좋게 생각하자. 일본에서 온 놈이니까 실수한 게 있을 거야. 이번처럼 말이지."

일본인들은 한국과 다르게 목욕 문화다.

한국에서는 샤워하는 문화지만 일본은 매일 목욕하는 경우가 많다.

그래서 그는 욕조가 생기자 바로 목욕을 했던 것이다.

"그 말은, 그들이 숨어 있는 곳에는 욕조가 없다는 건데……. 그건 너무 포괄적인 문제라 해결책이 안 될 테고."

노형진은 모텔 바깥에서 왔다 갔다 하면서 정신을 집중하려고 했다.

그런 노형진에게 오광훈이 다가왔다.

"뭐 해?"

"아니, 뭘 좀 생각하느라고. 그나저나 어때?"

"뭐, 여기서는 뭐가 나올지 알 수가 없지. 수거해 가서 조사해야 하니까."

'의미가 없을걸.'

한국인도 아닌 일본인이다.

그런 놈들의 유전자 기록에 지문이 있을 리가 없다.

'미친놈들, 한국까지 살인하러 와? 도대체…… 어?'

속으로 욕을 하던 노형진은 문득 이상하다는 생각이 들었다.

"왜 그래?"

"아니, 이상한 게 있어서."

"뭔데?"

"좀 더 알아봐야 할 것 같아. 그건 내가 좀 알아볼게."

노형진은 방금 머리를 스치고 지나간 가능성에 대해 심각하게 고민하기 시작했다.

⚖️

"그 말은, 일본인이 살인범이라는 건가?"

"가능성은 충분히 있지요. 일본의 전근대적인 시스템을 생각하면 말입니다."

"음……."

"그런데 제가 의심스럽게 생각한 건 그들이 피해자를 꼬시는 방법입니다. 그들은 마치 같이 시위하는 사람처럼 행동했습니다. 그런데 그게 어떻게 가능했을까요?"

현실적으로 일본인들은 한국의 지역에 대해서 잘 모른다.

더군다나 발음 자체도 한국인과는 다를 수밖에 없다.

홍안수는 일본의 스파이다.

그런데 일본인이 홍안수를 몰아내라는 시위에 참석하는 건 그림이 참 이상하다.

물론 올바른 생각을 가진 사람들이라면 또 모르지만, 그런 사람이라고 해도 적대감이 가득한 시위에 참석하는 건 전혀 다른 문제다.

"자네는 그 집단 살인마들 중에 한국인이 있다고 생각하는 거군."

"전에도 그런 경우는 종종 있었습니다. 이번이라고 가능성이 없는 것은 아니지요."

송정한은 심각한 표정이 되었다.

랜덤하게 발동된다고 알고 있긴 하지만 어쨌든 그는 노형진의 능력을 알고 있는 유일한 사람이었다.

또한 그는 노형진이 읽어 낸 기억이 얼마나 정확한지도 알고 있었다.

"일본인이라……. 일본인……. 다른 건 없나?"

"승합차 같은 게 얼핏 생각나는 것 같았습니다."

"승합차? 승합차라고 했나?"

"네. 그런데 거기서 기억이 끊어져서요. 일단 한국 승합차는 아닙니다. 일본 승합차 같더군요. 이해는 안 가지만요."

일본의 승합차가 한국까지 올 이유가 없다. 그런데 분명 그의 기억 속에는 일본의 승합차가 보였다.

뭔가 생각난 건지 송정한은 자리에서 일어나서 책장 쪽으로 가더니 뭔가를 꺼내 왔다.

"그게 뭡니까?"

"작년 말쯤에 일본과 교류 회의를 할 때 그쪽에서 가지고 온 자료일세."

"자료? 아, 송 의원님 법사위 쪽이었지요?"

송정한은 원래 판사 출신에 변호사도 오래 해서 자연스럽게 법사위로 들어갔다.

그곳에서는 종종 다른 곳과 교류를 하는데, 그중 한 곳이 일본이었다.

"작년 말쯤이면 사이가 이렇게 틀어질 정도의 상황은 아니었으니까."

그래서 그 당시에 송정한을 비롯한 법사위원회 멤버들은 일본과 사법 교류에 관련된 회의를 한 적이 있었다고 한다.

"그때 일본의 국회의원이 자료로 가지고 온 걸세. 혹시 말이야, 그 승합차가 이렇게 생겼던가?"

그렇게 물으며 사진 한 장을 꺼내 내미는 송정한.

제대로 된 사진은 아니고 종이에 컬러 인쇄를 한 것뿐이지만 그래도 알아보는 데에는 지장이 없었다.

"그렇습니다. 설마 일본에서도 추적 중인 살인범인가요?"

똑같은 종류의 승합차가 보인다는 건 의외의 일이었다.

그래서 노형진은 당연히 그럴 거라고 생각했다.

하지만 송정한이 하는 말은 예상과는 좀 달랐다.

"아니야. 그건 아닐세. 이건 야쿠자와 관련된 사건이었어. 연쇄살인은 아니었지."

"야쿠자요? 야쿠자랑 이번 사건이 무슨 관계가 있다는 건지 이해가 안 가는군요."

"나도 몰랐지. 이건 야쿠자들의 시신 처리 방법에 관련된 이야기였네."

"네? 시신요?"

"그래."

일본의 야쿠자는 시대가 변하면서 점점 많은 준비를 했다.

처음에는 시신을 그냥 산에다가 묻었다.

하지만 재개발되다가 발견되거나 하는 경우가 많아지자 그다음에는 콘크리트를 발라서 물속에 던져 버렸다.

그래서 사람들이 야쿠자 하면 생각하는 콘크리트 신발이 나왔다.

그러나 콘크리트 신발도 완벽한 건 아니었다.

썩어서 다리가 잘리거나 하면 수면으로 떠오르고, 어업을 하던 어선에 의해 발견되는 경우도 많았다.

그래서 다음에 나온 것이 끓는 화학물질에 넣는 것.

가령 끓는 콘크리트 안에 시체를 던져 넣으면 결국 뼈까지 싹 다 사라져 버린다.

설사 남은 게 있어도 그게 굳으면서 그대로 묻혀 버리고 말이다.

하지만 그건 야쿠자들이 오래 쓰지 않았는데, 일단 준비할 것도 많고 그렇게 덩어리진 콘크리트를 처분하는 것도 일이었기 때문이다.

"그래서 나온 게 바로 이 승합차네."

"이게 뭔데요?"

"화장터네. 이동식 화장터."

"이동식 화장터요? 그게 가능합니까?"

"일본과 한국은 법이 다르니까."

한국은 강력한 법 때문에 이동식 화장터가 인정되지 않는다.

일본의 경우에는 사람의 화장은 불가능하나, 애완동물은 가능하다.

"설마?"

"그래, 그쪽에서 그러더군. 요즘 야쿠자들이 이동식 화장터를 이용해서 시신을 처리한다고."

대부분의 애완동물들은 그 사이즈가 작다.

하지만 몇몇 대형 견종은 거의 인간만 하거나 때로는 인간보다 더 크기도 하다.

그 때문에 일본의 그 이동식 화장터는 상당히 대형으로 만들어진다고 한다.

"자네가 승합차라고 하니 생각나는 게 이것뿐이군. 지금까지 시신이 단 한 번도 발견된 적이 없다고 했지?"

노형진은 대꾸도 못 했다. 너무 소름이 돋았기 때문이다.

"나도 판사 생활을 나름 오래 했지. 그리고 자네도 기억할 거야, 막가파 사건. 그놈들은 화장터까지 준비해서 사람을 죽여 대던 놈들이야. 자네 생각은 어떤가? 계획 살인을 하던 놈들인데."

"끄응…… 맞습니다. 지속적으로 사람을 죽일 생각이라면 당연히 시신이 발견될 가능성을 최대한 낮추려고 하겠지요."

실제로 지난번에도 범인을 잡다가 시골집에 설치된 화로를 발견하기도 했다.

시신의 처리는 생각보다 중요한 문제다.

사람들은 단순히 산에 묻으면 그만이라고 생각하지만 사실 그건 안 되는 말이다.

산짐승들은 냄새를 기가 막히게 맡는다.

만일 땅을 2미터보다 얕게 파고 시신을 묻어 버리면 산짐승들이 무덤을 다 파헤쳐 버린다.

그래서 한국에서 장례를 치를 때 2미터 이상 파고 그 위에다가 석회 가루를 뿌려서 일종의 석관처럼 만드는 것이다.

짐승을 쫓아내고 나무뿌리가 들어오는 걸 막기 위해 말이다.

"그놈들이 이걸 가지고 들어왔다면……."

"이걸 이용해서 처리했을 수도 있겠군요."

고정된 화로와 다르게 이동식인 만큼 돌아다니면서 숨길 수도 있고 또 연기 등도 피할 수 있다.

고정식이라면 시신을 그곳까지 가지고 가야 한다는 문제

가 있지만, 반대로 이동식으로 처리한다면 시신이 걸릴 가능성도 줄어드는 것이다.

"일본의 차량을 한국에서 운행하는 게 불법은 아니니까요."

사람들은 다른 나라에 차량을 가지고 가서 몰고 다니는 게 불가능하다고 생각하지만 사실 그렇지 않다.

다만 그 과정이 다소 복잡할 뿐, 불법도 아니다.

실제로 일본에서 수산물을 싣고 온 차량들이 한국 시내를 주행하는 걸 부산에 가면 쉽게 볼 수 있다.

"일단 그 부분에 대해서는 내가 확인 좀 해 봐야겠네."

송정한은 진지하게 말했다.

"문제가 쉽게 해결될 것 같지는 않네요."

노형진은 고민스럽게 말했다.

⚖️

얼마 후 송정한에게서 연락이 왔다.

시위가 한창이던 그때 그런 기능을 가진 차량이 한국으로 한 대 들어왔다는 것이다.

차주도 확실했기 때문에 들어오는 건 문제가 없었다고 한다.

물론 한국에서 그런 동물을 소각하는 건 불법이지만 해당 차량이 들어오는 것까지 막을 수는 없었다.

소각이 불법인 거지 그런 차량의 이동까지 불법인 건 아니니까.

"그래서 일본에서 온 살인범 같다고?"

오광훈은 기가 막힌다는 표정이 되었다.

송정한에게서 정보가 온 것으로 커버를 해서 이야기했기 때문에 다행히 의심하지는 않았다.

"그런 것 같아. 일단 한국인 출신 공범이 한 명 이상 있을 거라고 의심하고 있어."

"미친 쪽바리 새끼들! 도대체 뭔 짓을 하고 다니는 거야?"

"원래 이런 살인범들은 전국을 돌아다니는 경우가 많아."

"많다고?"

"그래. 그래야 걸릴 가능성이 낮아지거든."

실제로 미국에서도 전국을 돌아다니면서 살인하는 연쇄살인범들이 많다.

워낙 넓은 나라이다 보니 주마다 사법 시스템이 달라서 그 범죄가 걸려도 연쇄살인으로 엮는 게 쉽지 않기 때문이다.

설사 걸린다고 해도 다른 주로 가 버리면 추적은 쉽지 않다.

"그나마 미국은 한 개의 나라이니까 그나마 낫지. 유럽 같은 경우는 통계조차도 잡을 수가 없다고."

유럽이 유럽연합으로 합쳐진 후에는 신분증만 있으면 어떤 나라든 갈 수가 있다.

그러니 프랑스 사람이 독일이나 벨기에나 이탈리아에 가서 사람을 죽이면 추적 자체가 불가능해져 버린다.

프랑스 입장에서는 그가 살인범인지 알 수도 없고, 실제 범행이 벌어진 다른 나라에서는 일단 자국 내 사람들을 위주로 수사를 진행한다.

당연히 그사이 범인은 느긋하게 그곳을 벗어나서 다른 곳으로 갈 수가 있다.

"한국도 마찬가지이고."

"으음……."

"너도 검사니까 알 거 아냐? 지금 중국에서 건너오는 조폭과 킬러가 얼마나 많은지."

한국에 와서 사람을 죽여도 중국으로 돌아가 버리면 잡을 방법이 없기에 한국에서 활동하는 중국계 킬러의 숫자는 어마어마하다.

하물며 중국도 그 지경인데 일본은 어떨까?

일본은 그래도 중국보다는 문명화되어 있다는 생각을 가지고 있기 때문에 더욱 방심하게 된다.

"하지만 생각해 보면 일본은 그다지 문명화된 국가는 아니야."

일본은 문명화된 국가의 가면을 쓰고 있을 뿐이다.

"그러니까 일본에서 연쇄살인범이 넘어왔을 수도 있다?"

"그래."

"돌겠네. 이 새끼들이 어떻게 넘어왔지?"

"넘어올 때 문제가 없었다면 잡을 수도 없으니까."

왜 넘어왔는지는 아직까지 알 수가 없다.

그러나 한 가지 확실한 것은, 그들이 넘어오고 나서 얼마나 많은 살인을 저질렀는지 모른다는 것이다.

"심지어 그놈들이 어디에 있는지조차도 모르지."

그 차량으로 이동한다면 추적은 불가능하다.

물론 전국에는 감시 카메라가 있지만 최소한의 위치나 방향이 특정되지 않은 상황에서 그걸 확인하는 건 쉬운 일이 아니다.

"자동 추적 시스템이 있다면 좋겠지만."

"잘도 그런 거 동원하겠다."

사실 돈만 제대로 주면 카메라에서 제대로 번호를 인식하는 프로그램을 설치할 수는 있다.

하지만 그 용도가 워낙 위험하다 보니 반대하는 사람이 많아서 현실적으로 설치가 힘들다.

가령 정부에서 누군가를 감시하려고 한다면, 그의 차량 번호만 넣어 두면 그 차가 하루 종일 어디로 돌아다니는지 알 수가 있다.

독재 경험이 있는 한국에서는 그런 장비에 대한 사용을 상당히 꺼리는 성향이 있기 때문에 아직까지는 그런 장비가 없다.

"전에 전국에서 자료가 넘어온다고 했었지?"

"그래."

"그중에서 몇 개가 진짜인지 알 수가 없고?"

"그랬지."

"최악의 경우는 그 모든 게 진짜일 수도 있겠군."

노형진은 떨떠름한 표정으로 말했다.

"일단은 시간 순으로 나열하자. 현대 기법이 안 먹힌다면 과거의 방식을 쓰는 수밖에."

어떤 게 진짜이고 어떤 게 가짜인지는 알 수 없다.

하지만 사건을 순서대로, 시간별로 나열해 보면, 어쩌면 흐름을 잡을 수 있을지도 모른다.

"첫 번째 사건은 부산."

"아마도 부산으로 들어왔을 테니 그놈이 범인일 가능성이 높겠지."

부산에서 시작된 사건은 점점 위로 올라왔다.

비슷한 방식의 사건, 즉 가출할 이유가 없는 사람들이 갑자기 사라진 사건들 위주로 올라오더니 시위가 격화된 후에는 갑자기 서울에서 사라졌다.

그리고 다시 남하하면서 다른 곳을 돌기 시작했다.

"어?"

노형진은 그걸 보다가 이상하다는 생각이 들었다.

"왜?"

"아니, 이 도시들이 이상해서."

"이상하다니?"

"잠깐만."

노형진은 다급하게 송정한에게 전화를 했다.

"송 의원님, 그 비상사태 당시에 시위하던 곳에 대해 기억하십니까?"

－기억하고 있네만. 왜 그러나?

"그 당시 기록 가지고 계십니까?"

－그거? 문자로 보내 주지. 왜, 뭔 일이 있나?

"아직은 의심 단계입니다. 하지만 확인해 볼 게 있어서요."

잠시 후 송정한은 문자를 보내 줬고 노형진은 그걸 받아서 천천히 읽어 보기 시작했다.

그리고 사건이 난 곳으로 의심되는 방향으로 쭈욱 돌더니 눈살을 찌푸렸다.

"왜 그래?"

"겹쳐."

"뭐가?"

"비상사태 당시에 사건이 일어난 곳과 겹친다고."

노형진은 지도에 선을 그으며 말했다.

"부산과 대구, 울산, 마산, 안양, 수원 등등. 모두 홍안수를 반대하는 촛불 집회를 했던 곳들이야."

우연일까?

아니다. 우연치고는 이상하다.

살인이라는 건 사람들이 없는 곳에서 하는 게 유리하다.

특히 송정한이 말한 대로 소각로 차량이 들어왔다면 사람이 없는 곳에서 해야 한다.

아무리 그 차량이 문을 닫아 두면 튀지 않는 형태라고 해도, 사람이 많은 도시에서 사람의 유해를 태울 수는 없다.

즉, 산이나 사람이 없는 곳을 찾아다녀야 한다는 건데, 반대로 이런 시위를 하는 곳들은 당연히 사람이 많은 곳이다.

"전에 내가 말한 방법을 써서 사람을 납치한 것 같은데."

"음…… 그런 거라면."

오광훈은 동의한다는 듯 고개를 끄덕거렸다.

확실히 겹치는 동선이다.

그리고 그런 곳들에서 확실하지 않은 사건을 하나씩 정리할 수가 있었다.

그제야 확실하게 알 수 있었다.

그들은 주로 시위가 있던 곳을 찾아다녔다.

시위가 끝난 후에도 시위가 있었던 곳 위주로 찾아다니는 동선을 짰다.

"이거 뭐 하자는 거야? 왜 동선을 이따위로 짠 거지?"

오광훈은 이해가 가지 않는다는 표정이었다.

일반적으로 살인범들은 모두 자신만의 감각이라는 게 있다.

뭐랄까, 특정한 루틴이랄까?

하여간 그런 정해진 루틴 안에서 살인하는 경우가 많은데, 이놈들은 그게 없었다.

"루틴…… 루틴……."

중얼거리던 노형진의 머릿속에서 순간 번쩍하고 번개가

쳤다.

이들의 살인의 목적을, 자신은 그저 즐거움일 거라고 생각했다.

실제로 이런 무차별적인 살인은 즐거움이 목적인 경우가 많다.

'하지만 다른 이유라면?'

즐거움이 아니라면? 사명에 의한 거라면?

'실수했구나.'

그건 비슷하지만 미묘하게 다르다.

즐거움은 사람을 죽이는 데에서 행복을 느끼는 것이다. 그래서 계속 사람을 죽인다.

하지만 그런 놈들이 모이는 건 쉽지 않기 때문에 이렇게 단체로 움직이는 경우는 드물다.

반대로 사명을 가진 놈들은 모이기 쉽다.

인터넷에서 비슷한 성향의 놈들이 모여서 점점 극단적 선택을 하게 되는 것은 흔하게 있는 일이다.

"만일 즐거움이 아니라 사명이라면?"

"응? 방금 뭐라고 했냐?"

"이놈들이 움직이는 이유 말이야. 그게 즐거움이 아니라 사명 때문이라면? 그러면 행동 패턴의 다양화는 이해가 가."

"어떤 면에서?"

"대량 학살."

자신이 하는 살인이 사명이라고 생각하는 놈들은 그 살인에 대해 절대로 후회하거나 반성하지 않는다.

오히려 기회가 되면 한 명이라도 더 죽이려고 한다.

즐거움과 비슷하지만 노형진이 간과한 것은, 그러한 즐거움을 위한 살인을 저지를 경우 보통 피해자를 살려 두는 기간이 길다는 거다.

그런 살인범들은 보통은 죽음 그 자체보다 상대방이 공포에 떠는 것을 즐기며, 또 그 상황을 자신이 통제한다는 것에 즐거움을 느낀다.

"우리가 피해자들이 살아 있는 기간을 알지는 못하지만 여기에서 알게 된 실종 기간을 보면 그리 오래 살려 두지는 않은 것 같아."

확실히 즐거움을 위한 살인과는 많이 다른 패턴이다.

"말이 안 되잖아? 아니, 그놈들이 여기까지 와서 살인할 이유가 없잖아! 거기에다 사명? 무슨 사명? 아니, 살인에 무슨 사명이 있어?"

노형진은 입술을 깨물었다.

극단적 관념에 빠지면 사람은 극단적 선택을 하게 된다.

"그놈들…… 어쩌면 극우 세력일지도 몰라."

"그게 뭔 소리야? 극우 세력이라니?"

"상식적으로 생각해 봐. 그놈들이 사명을 가지고 있다면 그 사명에 따라 표적을 고르겠지. 그런데 이 실종 기록을 보면 공통점이 없어."

어디서는 노인이고, 어디서는 아이이며, 어디서는 남자고, 다른 곳에서는 여자다.

심지어 부자를, 혹은 모녀를 납치하기도 했다.

일반적인 패턴과 다른 형태다.

"그렇지만 이 장소를 보면 이야기가 달라지지."

홍안수에게 심하게 저항하던 대도시들에서 발생한 사건이다.

노형진이 이걸 기억하는 건 일전에 일본에 갔을 때 관련 정보를 넘겨받을 수 있었기 때문이다.

정작 그 당시에 한국 사람들은 관련 정보를 받을 방법이 없었다.

홍안수가 모든 언론을 장악하고 막아 버린 데다가 인터넷 조차도 틀어막은 상황이었기 때문이다.

"이놈들은 그걸 알고 사방으로 돌아다닌 건데, 그건 해외에서나 알 수 있었던 상황이야."

"설마 그 사명이라는 게……?"

"간단하게 생각해 보자고. 홍안수는 일본의 스파이야. 그리고 최후까지 저항했지. 그런 그를 도와주고 싶은 사람이 있었다면, 누구겠어?"

"일본인들."

"정답이야."

실제로 일본의 혐한 시위대는 공공연하게 한국을 침략하

자, 한국 여자를 납치하고 집단 강간하자고 외쳐 댄다.

그리고 일본의 경찰은 그런 행동을 모른 척하면서 그들의 행동에 정당성을 부여한다.

'지금 상황은 과거보다 더하지.'

그럴 수밖에 없다. 일본은 지금 과거에 비하면 어마어마하게 핀치에 몰려 있기 때문이다.

경제도 훨씬 파탄 났고, 노형진 때문에 정치는 극우 세력에서 점점 다른 세력으로 넘어가고 있는 상황이다.

다음 선거에서 극우 세력이 제대로 이길 수 있을지조차 확실하지 않은 상황.

"일본의 극우 세력은 한국에 일종의 자격지심이 강하지. 아주 심해."

일본 극우 세력 입장에서는, 한국은 한때 노예였던 자들이다.

그런 자들이 지금은 자신들을 제치고 훨씬 잘나가기 시작한다는 점에서 그들은 극렬한 분노를 느끼고 있다.

"국제적 문제라는 부분을 제외하고 간단하게 생각해 보자고. 그러한 극단적 자격지심과 열등감은 살인의 이유가 되지. 안 그래?"

맞는 말이다. 국적을 떠나서, 인간의 세계에서 열등감으로 인한 살인은 흔하게 일어난다.

"그게 살인의 이유가 되었다?"

"지금 살인의 패턴을 보면 그렇게 보여."

시위하는 사람들, 즉 홍안수를 쫓아내려고 하는 사람들이 그를 쫓아내려고 하는 이유는 뭘까?

그건 그가 일본 스파이이기 때문이다.

"반면에 그들 입장에서는 홍안수는 영웅이지."

적국인 한국의 사람들을 속여서 대통령까지 되는 데 성공했으니까.

"설마 그 사명이라는 게, 일본에 반대하는 반일 세력을 죽인다는 뭐 그런 건 아니지?"

"아마도 그런 것 같은데. 정확하게는 한국인을 죽인다는 느낌에 가깝지만, 그건 어디까지나 시위가 없는 상황이니까 차선책인 것 같아. 이 기록을 보면 다른 곳도 아닌 시위가 있었던 곳만 돌아다니면서 저질렀어. 우연치고는 너무 공교로운 거 아니야?"

노형진의 말에 오광훈은 얼굴을 확 찡그렸다.

그도 한국 사람이다.

정상적인 한국 사람이라면 일본에 좋은 감정을 가지기는 힘들다.

"잠깐만, 그러면 더 말이 안 되잖아! 그들을 도와주는 한국 놈이 있을 거라며?"

"그렇겠지. 그런데 말이야, 나라도 돈 몇 푼에 팔아먹는 놈들로 그득한데 사람 목숨은 뭐 얼마나 우습겠어?"

일제강점기, 그 시대에 독립운동가들을 가장 심하게 고문한 것은 일본의 순사가 아니라 그들에게 고용된 조선의 앞잡이들이었다.

그들은 독립운동가뿐만 아니라 주변에서 마음에 안 들면 잡아 와서 때리고 고문하고 여자의 경우는 강간하기도 했다.

그들이 그렇게 하면 그 사람이 죽는다는 걸 몰랐을까?

"모르지는 않아. 알지. 아주 잘 알지."

그럼에도 불구하고 그들은 했다.

왜냐?

남의 목숨이나 인생보다는 자신의 눈곱만한 이익이 우선이었기 때문이다.

설사 이익이 없다고 해도, 그렇게 함으로써 자신의 욕망을 채울 수 있기 때문이다.

"대부분의 친일, 아니 매국노들은 구조적으로 사이코패스나 소시오패스일 수밖에 없어."

사람이라면 공감 능력을 가지고 있다.

그래서 사람들은 그 공감 속에서 성장하고, 뭐가 옳고 그른지를 배운다.

그런데 때때로 나라마다 옳고 그름이 다른 경우도 있다.

살인은 어느 나라에 가든 불법이고 지탄받는 행위다.

하지만 안중근 의사는, 한국인의 입장에서는 나라를 위해 목숨을 바친 영웅이지만 매국노들 입장에서는 폭탄 테러범이다.

그러한 이분법적 논리는 답이 없는 경우가 많아서, 과거에 한국을 지킨 이순신 장군이 지옥으로 떨어졌고 한국을 침략한 일본군 장군은 천국으로 갔을 거라고 주장하는 정신 나간 사람도 있었다.

이유는 간단하다.

그 당시에 이순신 장군은 자신과 같은 종교인이 아니었기 때문이다.

"더군다나 상황을 생각해 봐, 지금 친일파 그리고 매국노들이 어떻게 되었는지."

"으음……."

홍안수가 잡혀 들어간 후에 매국노들에 대한 대대적인 체포 작전이 벌어졌다.

실제로 일본에서 돈을 뿌려 가면서 매국 행위를 하도록 유도한 게 사실이고 그걸 한국에서는 그동안 방치했지만, 홍안수 사태 이후에는 모조리 매국 행위로 봐서 제대로 조사하게 되었기 때문이다.

물론 단순히 돈을 받고 단발성으로 도움을 준 사람들은 그나마 덜하지만, 몇몇 국회의원들은 돈을 받고 실제로 국가 기밀을 넘긴 죄목으로 체포되었다.

홍안수의 쿠데타 당시에 오지 않았던 의원들 중 몇몇이 그런 상황이었다.

원래부터 스파이는 아니었지만 돈을 받고 일본에 정보를

팔아먹었다가 그게 발각될 것 같으니 아예 홍안수 쪽으로 붙어 버린 것이다.

"그놈들은 이제 한국에서는 못 살아."

살 수가 없다.

대표적인 매국노 몇몇은 집과 사무실이 불타고, 습격당해서 집단 린치를 당하기도 했다.

그가 당한 일은 당연히 불법이지만 정작 경찰도 범인을 잡기 위해서 노력하는 모습은 보이지 않고 있다.

경찰도 사람인 데다가, 다음 정권은 반일본 정권이 들어설게 당연한 일이 되어 버렸으니까.

"그러니 일본으로 망명하는 놈들도 실제로 있지."

그렇게 일본으로 넘어가려고 하는 놈이 과연 한두 명일까?

그리고 그런 놈들이 어떻게 생각할까?

"적반하장이라는 말이 괜히 생긴 게 아니지."

그런 놈들은 자기가 한 일에 대해서는 결코 반성하지 않는다.

그 대신에 자신을 이렇게 만든 한국인에 대해 원한을 가진다.

"그런 놈이 일본의 극우 세력 출신 살인범들과 손잡고 살인하는 것도 그다지 이상한 일은 아니겠네."

사이코패스에 극단적으로 이기주의자이며 또한 원한까지 가지고 있다면 살인에 끼어드는 게 어려운 일은 아닐 것이다.

"문제는, 그런 놈을 어떻게 확인하냐는 거야."

"친일파를 뒤져 봐야지."

"응?"

"널리 알려진 친일파는 이미 다 일본으로 망명했어."

정치인들 중에서 열네 명은 이미 일본에 가서 망명 신청을 했다.

물론 친일파라고 해서 무조건 탄압받고 감옥에 가는 건 아니다.

위에도 언급했다시피 정당한 루트를 통해서 정치 후원금을 받는 건 불법이 아니며, 일본에 대해 우호적 발언을 하는 것도 사회적으로 욕은 먹을 수 있을지언정 불법은 아니다.

즉, 정치는 못 하게 되겠지만 감옥에 가지는 않는다는 거다.

"그들은 이미 일본으로 넘어갔지. 그게 의미하는 건 간단해. 일본에 중요 자료를 넘겼다는 거지."

그렇다면 진짜 스파이라는 소리고, 홍안수가 잡혔는데 정부에서 그들에게 선처해 줄 리는 없다.

"그런 유명한 놈은 아니지만 사회적으로 한국에서 더 이상 살지 못하게 된 놈일 거야."

즉, 전국적으로 유명한 친일파는 아니지만 그래도 지역사회에서는 나름 알려진 사람이라는 거다.

당연히 그런 사람들을 확인하다 보면 의심스러운 사람이 나올 것이다.

그들과 함께 움직이기 위해서는 결국 생업을 포기해야 하니까.

또한 일본으로의 망명을 생각하고 있다면 재산의 처분도 하고 있을 테고.

"당장 그럴 만한 가능성을 가진 사람에 대해 조사해 봐. 아마도 생각보다 쉽게 나올지도 몰라."

노형진의 생각은 그랬다.

그리고 실제로도 쉽게 나왔다.

⚖️

"우치만 교수야. 양성대학교 역사학과 교수고."

"빨리 찾았네?"

"웃기게도 실종자 명단에 있더라고."

"뭐?"

"아니, 네가 그랬잖아, 어차피 이 바닥을 떠날 거라고. 그런 인간이라면 뭐 좋게 사표를 냈을 것 같지는 않더라고. 그렇다고 해도 일반적인 직장인이라면 네가 말한 대로 일본으로 떠날 준비까지 할 모양은 아닌 것 같고."

"그래서 실종자 명단을 뒤진 거야?"

오광훈은 확실히 과거에 비해 실력이 많이 늘었다.

지금 같은 경우는 노형진도 실종자 명단을 뒤질 생각은 못

했으니까.

"어찌 되었건 그 사람에 대해 학교 측에서 실종 신고를 했어. 시기는 입국 시기랑 비슷하고."

"그런데 이 사람이 의심스러운 이유는?"

"간단해. 양성대학교는 지방에 있는 대학교인데, 거기에서도 상당히 잡음이 많았던 모양이야."

역사학과 교수인데 극단적 친일파로, 일제강점기를 일제수호기로 표현하기도 하고 또 그 덕에 당시 한국이 발전할 수 있었다는 개소리를 하기도 했다.

그걸 넘어서, 시험에서 일제강점기에 대한 부정적인 답안을 서술하면 무조건 F학점을 줬다고 한다.

"학생들의 불만이 많았는데 총장이랑 친해서 잘리지는 않았나 봐."

"총장은?"

"이번에 홍안수 사건 조사 중에 구속되었대."

"얼씨구?"

보아하니 그도 관련돼서 뭔가 있기는 있었던 모양이다.

"의심스럽기는 하네."

"의심 정도가 아니라 거의 빼박인데, 지금 파산 직전인 모양이야."

"파산?"

"비트코인에 몰빵 했다가 전 재산을 날렸다던데."

노형진의 표정이 묘하게 변했다.

비트코인으로 돈을 번 것은 그 자신이었으니까.

'진짜, 역사는 어디로 튈지 알 수가 없다고 하더니.'

우치만 교수는 비트코인을 했다가 전 재산을 날린 것만으로도 부족해서 집까지 압류가 들어간 상황이었다.

더군다나 친일파라는 게 소문이 나서 어디에 취업조차 못할 상황이었다.

"자기를 커버해 주던 총장까지 잡혀갔으니 대책 없는 거지, 뭐."

전국에 알려질 만한 사람이 아니기는 하지만 그렇다고 해서 어디에 쉽게 자리 잡을 수 있는 사람도 아니다.

일단 교수인 만큼 다른 곳에 이력서를 넣으면 당연히 원래 있던 학교에 확인할 수밖에 없다.

상황이 이런 상황이 아니라고 하더라도 일제 발전설 같은 건 한국의 전통 사학에서 인정하지 않고 있는 부분이기 때문에 결과적으로 취업은 물 건너간 거다.

"그런 경우, 대부분의 결말은 비슷하거든."

일본으로 이민을 가서 혐한 서적을 만들어 팔면서 먹고사는 게 그들의 일반적인 행태다.

"그리고 성향에 관한 문제인데, 그 당시 기록에 따르면 확실히 사이코패스 기질이 있는 모양이야."

과거 행적을 조사해 보니, 그는 재직 당시에 자신보다 스물네 살이나 어린 제자에게 꽂혀서 스토킹을 한 모양이었다.

마음을 받아 주지 않자 온갖 음해를 다 했고, 결국 치가 떨린 여학생이 그 학교를 떠나는 것으로 결말이 났다고 한다.

결론적으로 말하면, 정상적인 인간이라면 그런 짓은 하지 않는다. 아니, 못 한다.

"그러면, 이놈을 잡으면 범인들을 잡을 수 있을까?"

"그러기를 바라야지."

노형진은 진지하게 말했다.

"일본에서 온 놈들이 아무리 돈을 준비해 왔다고 해도 한계가 있었을 거야. 그러니 그 우치만 교수가 상당한 돈을 대고 있을 가능성도 크고."

아마도 우치만은 자신을 경찰과 검찰이 추적한다는 건 모를 가능성이 크다.

"당장 그놈의 카드를 조회해 보자고. 어디선가 튀어나올지 모르니까."

노형진은 이때까지만 해도 그들을 쉽게 잡을 수 있을 거라 생각했다.

도망간 암세포

"뭐?"

우치만의 추적 기록은 생각보다 쉽게 나왔다.

하지만 그 결말은 황당하기 그지없었다.

"일본으로 튀었다."

"무슨 소리야, 일본으로 튀다니? 언제?"

"어제 오후 3시 비행기로 일본으로 넘어갔어."

"어제 오후 3시?"

노형진은 갑자기 소름이 돋았다.

"너, 영장 청구한 거 몇 시야?"

"어제 아침 9시 30분."

"그런데 오후 3시 비행기로 일본으로 튀었다고?"

"그래."

"씨팔."

상식적으로 말이 안 되는 일이다.

일반적으로 우연이라도 그렇게 될 가능성은 높지 않다.

"비행기 예약 시간은?"

"현장에서 카드 결제."

"젠장! 역시 이놈들이었어."

대충 상황이 이해가 갔다.

우치만은 자신에 대해 검찰의 수사가 진행 중이라는 사실을 누군가에게 전해 듣고는 바로 튄 것이다.

"이놈들이 살인범이 맞을 거야. 그리고 검찰이나 법원 내부에서 매국노 새끼가 정보를 흘렸겠지."

아무리 지방대 교수라고 하지만 그래도 나름 교수인 만큼 검찰이나 법원 내부에 아는 사람이 있을 가능성이 크다.

그리고 그는 우치만에 대한 영장 신청이 들어오자 바로 우치만에게 사실을 알려 준 것이다.

우치만은 자신이 살인과 연관되어 있음을 들킨 걸 직감하고 바로 일본으로 도주하는 걸 선택한 거고 말이다.

어차피 한국에는 남은 게 하나도 없으니까.

"바퀴벌레도 아니고 정말."

한국은 현재 친일파와 매국노에 대한 대대적인 감시와 수사 중이다.

그럼에도 불구하고 한국에서 버티고 있다가 수사 자료를 빼돌린 것이다.

"그게 걸려도 처벌받지 않을 자신이 있으니 그런 거겠지."

노형진은 소름이 돋았다.

도대체 얼마나 많은 매국노들이 숨어 있는 건지 감조차도 잡을 수가 없었다.

하긴 스파이가 대통령까지 되는 상황에서는 어찌 보면 당연한 일일지도 모른다.

"그러면 어쩌지? 이대로 정지?"

"당연히 안 되지."

수사 대상이 해외로 튀면 일단 법적으로 수사는 정지되고 공소시효는 멈춘다.

하지만 그렇다고 해서 그놈이 돌아오는 건 아니다.

아니, 현 상황에서 우치만은 절대로 한국에 돌아올 생각이 없다.

"일단은 계속 수사해."

"어쩌라고?"

"사건을 증명한 후에는 일본에다가 우치만의 신병을 넘겨 달라고 요구할 수 있어."

일본은 한국과 함께 국제 사법 공조에 가입되어 있다.

즉, 범죄자가 일본으로 도망가도 신병 인도를 요청해서 끌고 올 수 있다.

"물론 그게 쉽지는 않겠지만."

노형진은 왠지 불안감이 가시지를 않았다.

우치만은 자신은 의심받을 가능성이 낮다고 생각했는지 종종 실수를 했기 때문이다.

그리고 결정적으로, 시골에 불법 주차되어 있던 해당 승합차를 찾아내는 것으로 사건의 조사는 대부분 끝났다.

"상황은 어때?"

"해당 차량에서 유전자를 찾는 데 성공했어. 운전석에서 다섯 개의 유전자를 찾았어. 비교 대상이 없어서 문제지만."

"흠…… 우치만이 운전을 하지는 않았을 것 같으니 일본에서 온 놈들이 다섯 놈이겠군."

차량은 스틱이고 우치만이 가진 면허는 2종 보통이다.

즉, 우치만은 스틱을 몰 줄 모른다.

이미 우치만과 비교해서 맞지 않는 유전자들이니 그들은 일본에서 왔다고 봐야 한다.

"일단 그 당시에 같이 출국한 일본인들을 대상으로 조사 중이야. 이틀 사이에 나갔을 테니까 특정은 그다지 어렵지 않을 거야. 그리고 피해자들을 죽인 방식도 알아냈고."

"어떻게?"

"공항을 이용했잖아. 수영해서 일본으로 건너가지는 않았을 거 아냐?"

일본으로 가는 방법은 두 가지다.

하나는 배를 타는 것. 다른 하나는 비행기를 타는 것.

그리고 그들은 비행기를 타고 갔다.

"그래서 장기 주차되어 있는 차량을 확인했지."

돈을 내고 들어간 차들 중에 오래 주차하는 차는 사실 많지 않다.

유료 주차장이라 돌아와서 그 주차료를 내야 하기 때문이다.

그런 경우 차라리 공항버스를 이용하거나 아예 택시를 이용하는 게 더 저렴하기 때문에, 공항에 주차되어 있는 차들은 보통 단기 주차 차량이다.

"그날 입고된 차량들을 확인하고 그 주차 여부만 확인하면 되는 거니까."

아니나 다를까, 그런 차량은 단 한 대뿐이었고 조사 결과 그 차량은 번호와 등록된 차가 달랐다.

노형진은 능숙하게 조사 결과를 읊어 대는 오광훈을 보며 감탄했다.

"오광훈이, 실력 많이 늘었네."

"옛날의 내가 아니란 말이지."

과거에는 조폭이었을지 모르지만 그는 이제 한 명의 어엿한 검사가 되어 있었다.

오광훈은 우쭐하며 말을 이었다.

"일단 그 안에서 내비를 확보했어."

그리고 그 내비의 동선을 뒤졌고 최종적으로 출발한 곳을 특정할 수 있었다.

"그곳에서 사람을 묶어 놨던 끈과 칼을 발견했어."

"칼?"

"그래. 현재 유전자 조사 중이기는 하지만 희생자는 최소한 열일곱 명으로 예상하고 있어."

자신들이 알아낸 것보다 더 많은 숫자다.

하긴 연쇄살인은 그런 경우가 많다.

단순 실종은 접수되지 않는 경우도 많으니까.

"그리고 그곳에서, 차량에서 발견한 유전자와 우치만의 유전자를 확보했어."

황당하게도 우치만의 유전자는 칼의 손잡이에 있었다.

단순히 놈들을 도와주는 걸 넘어서 살인에 직접 가담했다는 뜻이다.

"그리고 그곳에서 서류도 몇 개 발견했는데……."

오광훈은 서류철에서 종이 한 장을 꺼내어 노형진에게 건넸다.

그건 일종의 강령서 같은 것이다.

이러한 살인마 집단은 서로의 결속을 위해 이러한 강령서를 만들고 같은 사상을 유지한다.

"미친놈들."

그걸 받아 들고 읽던 노형진은 이를 악물었다.

강령서의 내용은 살벌하기 그지없었다.

일본어로 되어 있지만 그걸 번역한 글이 옆에 붙어 있었기 때문에 이해하는 건 어렵지 않았다.

하나, 우리는 조센징의 구제를 목표로 한다.

하나, 우리는 조센징을 구축하고 대일본국의 명예를 만방에 떨친다.

하나, 우리는 한국에서 일본에 반대하는 조센징을 선별하고 궁극적으로 한반도를 대일본국의 땅으로 만든다.

그 아래에도 여러 가지 내용이 있었지만, 한마디로 정리하자면 한국 내에서 살인을 저지르고 그 살인을 통해 한국에 혼란을 야기하는 것이 그들의 목적이었다.

"시신은 모두 소각 처리했을 가능성이 커 보이네."

"그랬겠지. 그나저나 구축한다는 게 대체 뭔 소리야?"

노형진은 한숨을 푹 쉬었다.

"한국으로 치면 없앤다는 의미라고 보면 돼. 전형적인 일본식 방법이지. 굳이 번역한다면 구제驅除라고 표현할 수 있어. 그, 해충 구제 작업이라고 하잖아."

"일본식 표현이었어?"

"그래. 그나저나 멍청한 공무원 새끼들. 그러니까 일을 제대로 해야지."

사실 일본의 차량이 한국에 들어오는 건 아주 쉽다.

그래서 일본의 수산물 운반 차량이 한국으로 들어와서 수산물을 운반한다.

그 과정에서 방사능에 오염된 일본의 바닷물을 버리고 있기 때문에 사회적으로 문제가 되어서 방송에 나간 적도 있다.

반면에 한국 차량의 일본으로의 진입은 아주 힘들다.

불가능한 것은 아니지만 그 과정에서 준비해야 하는 서류가 너무 복잡해서, 대부분 일본에 가서 렌터카를 이용하는 편이다.

그런 차이가 있다 보니 결국 이런 사건이 벌어지고 만 것이다.

"시신도 못 찾게 되다니."

유가족들 입장에서는 미치고 환장할 노릇이다.

차라리 시신이라도 찾을 수 있다면 좋은데, 시신도 못 찾고 유골을 어디다 뿌렸는지도 알 수가 없다.

"결국 잡아서 족쳐야지. 뭐든 토해 내도록 말이야."

이를 뿌드득 가는 오광훈.

하지만 노형진은 씁쓸하게 웃었다.

"쉽지 않을 것 같은데."

⚖

"거절했더군."

김성식은 검찰에서 온 팩스를 내려놓으면서 한숨을 쉬었다.

"역시 그렇게 나오는군요."

노형진은 그다지 놀라는 표정은 아니었다. 예상하고 있던 일이었으니까.

범인을 특정한 이후에 증거가 나왔다.

그리고 그 증거에 따라 한국 정부는 범인의 송환을 요청했다.

그러나 거절당했다.

"좋게 말하면 보완 수사해서 달라는 거고, 대놓고 말하면 한국의 수사 기술의 수준을 믿을 수 없고 한국에서 사건을 조작했을 가능성도 있기 때문에 보낼 수 없다 이거지."

"지랄하는군요."

우치만은 그사이에 일본으로 가서 망명 신청을 했다.

사유는 인권 탄압.

그는 친일파고, 실제로 한국에서는 홍안수 문제로 친일파 사냥이 벌어지고 있기는 하다.

"그걸 일본 정부가 받아들였네. 그래서 우치만을 처벌하기 위해 우리가 사건을 조작했다는 게 일본 정부의 비공식적인 입장이야."

"우리가 자기들이랍니까?"

"원래 사람은 자기들 수준으로 판단하지 않나?"

"하긴 돼지 눈에는 전부 돼지로 보이고 부처 눈에는 부처로 보인다고 하죠."

한국은 조작할 필요가 없다.

사실 지금 현재도 많은 친일파가 일본으로 망명하고 있다.

한국 입장에서는 완전 감사한 일이다.

그렇잖아도 애매한 친일파는 치워 버릴 방법이 없었는데 죄다 도망가고 있으니까.

그런데 왜 그런 놈들을 굳이 돌려받기 위해 사건을 조작하겠는가?

"일본이야 사건을 조작해서 뭐든 덮어 버리려고 하는 게 주특기니까."

그렇다 보니 그들은 당연히 이 사건도 조작일 거라고 보는 것이다.

아니, 정확하게는 그렇게 주장하고 싶은 것이다.

"일단 한 가지는 확실하네. 일본에서는 그들을 버릴 생각이 없어."

"그렇겠지요. 이건 단순한 범죄의 문제가 아니니까."

"단순 범죄가 아니라고?"

"일본이 수십 년간 어마어마한 돈을 들여서 키운 한국 내의 친일파 세력입니다. 그들을 버리겠습니까?"

현실적으로 이번에 한국에 있는 일본의 친일파와 매국노 세력이 사라진다면 최소 50년간은 한국에 친일파 세력을 심을 기회가 없어진다.

그나마도 일본은 한국에 의해 점점 뒤처지고 있고 사실상 국가파산 상태, 즉 모라토리엄이 코앞으로 와 있는 상황이다.

그런 상황에서 무너지면 과연 한국에서 가만있을까?

"한국에서는 절대 일본의 재기를 가만히 두고 보지 않을 겁니다. 그건 중국이나 러시아도 마찬가지고요."

중국은 일본에 대한 원한이 한국만큼이나 강하다.

러시아 입장에서는, 일본은 미국의 주요 지원 세력이자 자신들에게 적대하는 적성국이나 마찬가지다.

한국 역시 과거의 역사 때문에라도 일본을 믿지 않고, 절대로 다시 성장할 수 있게 하지 않을 것이다.

"그러니 일종의 신호를 보내는 거지요."

친일파 세력에게, 자신들이 보호해 줄 테니 포기하지 말라고 계속 시그널을 보내는 것이다.

"흠…… 그럴 가능성도 있군."

일본의 세력을 생각하면 분명 그럴 가능성도 크다.

현실적으로 한국의 매국노와 친일파 세력은 그 규모가 어마어마하다.

그리고 그들은 어떻게 해서든 한국의 발전을 막기 위해 발악해 왔다.

"한국 사람들은 쉽게 용서합니다. 그게 한국 사람들의 가장 큰 약점이지요."

지금 박멸한 후에 친일파 세력이 생기는 걸 용납하지는 않겠지만, 기존의 친일파 세력이 버티면 몇 년 후에는 또 그럴 수 있다고 용서하는 게 한국인들이다.

"그러니 버티라는 거죠."

"그러면 이번 싸움은 일종의 상징성 싸움이 되겠군."

"아마 그럴 겁니다."

일본에는 친일파 세력에게 버티라는 신호가 되는 거고, 한국 입장에서는 조국을 배신한 매국노들에게 용서는 없다는 걸 보여 주는 형태가 될 것이다.

"생각보다 문제가 심각해지겠군."

"아마도 쉽게 넘어가지는 못할 테지요."

노형진은 눈을 살짝 찡그리며 말했다.

일본은 우치만과 그 관련자들을 송환해 주지 않겠다고 못을 박았다.

"범죄인인도 조약의 나쁜 게 바로 이런 점이란 말이지."

일본으로 가는 비행기 안에서 노형진은 오광훈에게 말하면서 한숨을 쉬었다.

범죄인인도 조약은 각국에서 범죄를 일으킨 후에 해외로 튀는 경우 현지에서 체포해서 범죄를 일으킨 나라로 돌려보내는 것을 말한다.

"일본은 그런 면에서 자국 우선주의가 너무 심하단 말이야."

일본 역시 한국과 범죄인인도 조약이 체결되어 있지만 자국민의 경우나 정치적으로 필요한 경우에는 돌려보내지 않는 성향이 강하다.

"차라리 러시아 같으면 좋겠네."

"러시아? 뭐, 틀린 말은 아닌데."

러시아 같은 경우도 범죄인인도를 잘 이행하지 않는 편이다.

하지만 일본과는 좀 다른 게, 그저 자신들의 필요 때문이 아니라 어차피 처벌될 놈 자국에서 하겠다고 돌려보내지 않는 거다.

그리고 러시아의 처벌은 한국과는 비교도 못 할 만큼 가혹하며, 또 러시아의 감옥은 지옥과 비견될 만큼 거칠고 힘들다.

실제로 한국에서 사람을 죽이고 러시아로 도망간 러시아인이 있었는데, 범죄인인도를 요구한 한국에 돌려보내는 대신에 러시아가 직접 처벌했고 그는 한국 기준으로 배 이상의 형량을 선고받고 감옥으로 보내졌다.

"하지만 그렇게 되지는 않을 거야. 그러니 그놈들을 어떻게 해서든 한국으로 돌려보내야지."

"그게 쉽겠냐. 그 미친놈들이 한국으로 돌아올 리가 있겠어?"

오광훈은 일단 추적이라도 하겠다고 일본으로 가고 있기는 하지만 현실적으로 그건 힘들다.

"모르겠다, 그걸 어떻게 해야 할지."

노형진은 머리를 긁적거렸다.

현실적으로 그건 쉬운 일이 아니니까.

"일단은 가서 잡아 보자고."

한국에서 일본으로 가는 비행기는 그다지 비행시간이 길지 않았기 때문에 일본에 도착하는 것은 금방이었다.

지난번에는 노형진을 이유도 없이 입국 금지시켰지만 이번에는 그러지 못했다.

제대로 한번 된통 당하고 나더니 섣불리 건드리지 못하게 된 것이다.

"노 변호사님! 여기입니다!"

손을 번쩍 들고 노형진을 부르는 남자.

일본에서 새론과 손잡은 로펌의 변호사였다.

"후지무라라고 합니다. 반갑습니다."

"노형진입니다. 한국말을 잘하시네요."

"하하하, 한국에서 4년 정도 살았습니다. 일단 같이 가시죠."

그와 함께 공항 바깥으로 나간 노형진은 주변을 둘러보다가 한숨을 쉬었다.

"괜히 일을 만들어 드린 게 아닌가 싶네요."

비행기에서 내리는 순간부터 느껴지는 시선들.

노형진이 그게 뭘 의미하는지 모르지는 않는다.

"상관없습니다. 어차피 저희도 야베 정권과는 같이 가지

이것이 법이다

못하는 상황이 되어 버렸거든요."

"네?"

노형진은 고개를 갸웃했다.

노형진이 새론의 제휴 로펌이 있음에도 불구하고 지금까지 그들과 일하지 않은 건, 혹시 그들에게 보복이 들어갈까 우려해서였다.

그래서 그들은 주일 한국 대사관에서 해 주지 못하는 일을 해 주는 선에서만 일하고 있었다.

그런데 정권에 찍혔다니?

"제가 모르는 사이에 뭔 일이 있었나요?"

"저희 쪽에서 시모토 작가의 변론을 담당하게 되었거든요."

"시모토 작가요? 설마 제가 아는 그 사람인가요?"

"네, 하하하. 어쩌다 보니 그렇게 되었습니다."

어색하게 웃는 후지무라.

그러나 노형진은 웃을 수가 없었다.

'확실히 역사가 틀어졌어.'

시모토는 일본의 유명 소설가다.

수차례 노벨 문학상 수상 후보에 오르기도 했고, 책이 나오면 전 세계에서 계약해서 판매하는 이 시대의 지성이기도 했다.

하지만 성향 자체가 보통의 일본인과는 좀 달랐다.

공산당까지는 아니라지만 좌파 성향이 좀 있고, 특히 일본의 극우 세력과 2차대전 문제에 대해서는 신랄하게 공격하는 사람이었다.

"그가 얼마 전에 정부로부터 고발당했다는 소식은 들었습니다."

"네, 현재는 감옥에 계십니다. 죄목은 뭐, 탈세라고 만들어 냈더군요."

"웃기는 일이네요."

신동하가 당했던 그대로 그도 지금 당하고 있는 상황이었다.

신동하 같은 경우는 노형진 덕분에 풀려났지만 시모토 작가는 그럴 수도 없는 상황.

지금 시모토 작가는 일본 내에서 거의 반역자 취급을 받고 있었다.

"솔직히 말씀드리면 일본은 극단적 우경화를 넘어서 파시즘을 향해 가고 있는 상황입니다. 올림픽 개최 권한을 반납한 후에는 한국 때문에 이 모든 일이 벌어졌다고 거의 세뇌 수준으로 말하고 있습니다."

후지무라는 운전을 하면서 심각하게 말했다.

"솔직히 앞으로 일본이 어떻게 될지 모르겠습니다. 일본이 전쟁 가능 국가였다면 벌써 전쟁을 벌였을지도 모를 정도로 내부가 개판입니다. 돈의 문제가 아니에요. 현재 야베에게 조금이라도 반하는 말을 하는 사람은 무조건 고소와 고발이 이루어지고, 불법적인 체포와 쪼개기 영장 청구로 감옥에 갑니다. 일본은 민주국가라기보다는 일인 독재 시스템으로 돌아가고 있습니다."

후지무라의 설명을 들은 노형진은 심각한 표정이 되었다.

'그러고 보니 얼마 후면 일본의 선거가 있지?'

원래 역사에서는 그 선거에서 극우 세력이 어렵지 않게 권력을 잡는다.

하지만 지금은 그게 쉽지 않다.

일단 경제가 작살나고 있는 상황이고, 온갖 비리와 문제점이 터져 나오고 있으며, 일왕가에서 야베의 극우 세력의 폭주를 막으려고 하고 있기 때문이다.

'판단하기 힘들군.'

미래와는 달라진 현 일본의 상황.

생각에 잠겨 있던 노형진은 이내 고개를 절레절레 흔들었다.

당장 중요한 건 그게 아니니까.

"우치만과 다른 범인들은 어떻습니까?"

"우치만의 경우는 위치를 확인했습니다. 망명 허가가 나왔고, 다른 범인들은 별다른 사항 없이 자신의 집에서 지내고 있습니다. 우치만은 현재 호텔에서 혐한 서적을 집필 중으로 알고 있습니다."

"역시 그렇게 되는군요."

일본은 혐한을 하는 사람에게는 상당한 기회를 준다.

특히 한국인이 혐한을 하면 묻지도 따지지도 않고 물고 빨아 주는 성향이 강하다.

어느 정도냐면, 한국의 한 여자가 일본에 가서 룸살롱에서 호스티스로 일하다가 혐한 서적을 썼는데, 그걸 가지고 그녀를 일본의 대학교수로 임용한 수준이다.

웃긴 건 그 혐한 서적조차도 그녀가 직접 쓴 게 아니라 대필 작가를 동원해서 쓰다시피 했다는 것이다.

당연히 교수로서의 최소한의 실력도 없다.

한국의 문화학을 교육하는 교수가 한국의 고려라는 나라에 대한 질문에 처음 들어 봤다고 할 정도의 수준이니 말이다.

그럼에도 불구하고 그녀를, 오로지 한국인이 한국을 간다는 이유 하나만으로 일종의 여신처럼 추앙한 게 일본이었다.

"일단 우치만은 한국에서도 교수를 했으니까 책을 낸다면 상당히 효과가 클 테니까요."

후지무라는 한심스럽다는 듯 말했다.

그리고 뒤따라오는 차들을 힐끔 살피고는 물었다.

"어떻게, 떨굴까요?"

"아닙니다. 뭐, 그럴 필요까지야 없지요. 중요한 뭔가를 하는 것도 아니고."

"알겠습니다. 하여간 아까 하던 말씀을 마저 드린다면, 다른 놈들에 대해서도 대충 조사가 끝났습니다. 대부분 극우 세력에 속해 있고 그들 중 리더로 의심되는 놈은 일본정화모임이라는 곳에 속해 있습니다."

"일본정화모임요?"

"더러운 조센징을 몰아내고 일본을 정화하자는 놈들이 모인 곳입니다. 다섯 명 중에서 네 명은 그곳에서 만난 걸로 추정하고 있습니다. 그리고 우치만은 그들과 손잡고 그들에게 돈을 지원받던 일본 장학생입니다."

한국에서는 그들의 관계를 추적하지 못했지만 일본에 입국하자마자 바로 관계가 드러났다.

"나머지 한 명은요?"

"미성년자입니다. 일본정화모임에 속한 건 아니지만 인터넷으로 만났다고 추정하고 있습니다. 주변 사람들에게 물어보니, 극단적이고 공격적인 파시즘을 주장하는 학생이라고 하더군요."

전쟁을 통해 한국을 도모해야 한다는 극단적 주장을 고작 열일곱 살짜리가 한다고 한다.

"학생들은 오염시키는 게 쉽거든."

실제로 한국에서 모 학생은 자신과 정치 노선이 다르다는 이유 하나만으로 폭탄 테러를 일으키기도 했으니까.

순수한 만큼, 제대로 오염시키면 써먹기 좋은 게 어린 학생들이다.

"일단 지금으로서는 그들을 체포해서 돌려보낼 방법은 없어 보입니다. 물론 그러기 위해 저희도 노력하고 있습니다만."

"의미가 없겠지요."

자국 내로 들어왔다는 것 자체가 일단 보호 대상으로 포함되었다는 걸 의미하니까.

그때 짜증이 치밀었는지, 오광훈이 중얼거렸다.

"성질나는데 납치라도 해서 끌고 가 버릴까?"

"무서운 소리 하지 마라. 한국과는 상황이 달라."

한국에서 사기를 치고는 돈 안 주고 버티는 놈들은 거래를 통해 그 채권을 야쿠자에게 넘긴다.

그건 야쿠자의 범죄이지 피해자의 범죄는 아니니까.

"하지만 한국에서 그런 걸 해 줄 조직은 없어. 설사 있다고 해도, 일본에서 가만히 있겠냐?"

한국에서는 그놈들이 범죄자니까 국민들이 가만히 있지만, 일본은 아니다.

"그럴 겁니다. 솔직히 말씀드리지요. 그놈들의 범죄가 공개되면 그들을 욕하는 사람들보다는 영웅 대접하는 분위기가 나올 겁니다."

후지무라의 말에 노형진은 어리둥절해졌다.

"영웅? 아니, 사람이 죽었는데 뭔 영웅입니까?"

"현재 일본의 극우 세력이 워낙 극단적으로 활동하고 있습니다. 일본 정부와 언론에서 쉬쉬하고 있을 뿐이지, 한국인에 대한 집단 린치 사건이 많이 늘었습니다."

그런 상황에서 그들의 죄가 드러난다면, 한국으로 송환은 될 수 있겠지만 동시에 일본에서 그들이 영웅이 되는 건 당연한 일이었다.

"큭, 젠장. 그놈들을 어떻게 할 수가 없다니."

이를 빠드득 가는 오광훈.

그런데 노형진은 그런 그의 말에 어이가 없다는 듯한 표정
이 되었다.

"그걸 왜 할 수가 없어?"

"아니, 영웅이라잖아! 그놈들을 영웅으로 만들어 줄 수는
없잖아!"

"그러면 어쩌려고?"

"역시 진짜 납치해야겠지? 아니면 야쿠자에게 콘크리트
신발…… 아니, 요즘은 화장이 대세라고 했던가?"

"뭔 소리를 하는 거야? 조폭이냐?"

"당연히…… 크흠…… 아니지."

좀 오래 참는가 싶더니 결국 과거의 모습이 나오는 모양이다.

그 말을 들으면서 노형진은 피식 웃었다.

"아니, 그리고 말이야, 그게 뭐 어때서?"

"응?"

"그놈들이 영웅이 되는 게 뭐가 어때서?"

"무슨 소리야? 영웅이 되면 그놈들을 한국으로 보내겠어?"

노형진은 한숨을 푹 쉬었다.

"안 보내면 어쩔 건데?"

"응?"

"네? 그게 무슨 말씀이시지요?"

운전을 하던 후지무라도 당황했는지 다급하게 차를 세우고 노형진을 돌아보았다.

"그놈들을 영웅으로 만들어 준다 해서 뭐가 달라지느냔 말이지요."

"그거야, 그들을 지키기 위해 극우 세력이 집결할 겁니다."

"그게 우리랑 무슨 상관이죠?"

"네?"

"우리가 그놈들을 그냥 놔둔다고 해서 한국과 일본 사이가 좋아지나요? 아니면 뭐, 그놈들이 한국과 일본은 친하게 지내야 한다고 주장할까요?"

후지무라는 어벙한 표정이 되었다.

하긴 사건의 법률적 관계만 생각하다 보니 큰 그림을 못 본 것이다.

사실 대부분의 변호사들은 귀찮기 때문에 사건을 키우는 걸 꺼린다. 특히 일본은 그런 성향이 더 심하다.

그러니 노형진의 생각을 전혀 예상하지 못할 수도 있다.

"전 그놈들의 죄를 공개하고 한국에 송환하려고 온 겁니다. 설마 그놈들을 설득해서 데리고 가거나 오 검사처럼 납치할 거라고 생각한 건 아니죠?"

"그게……."

사실 후지무라도 말을 하면서도 한국으로 보낼 방법이 없다고 생각하고 있었다.

아무리 노형진이라고 해도 말이다.

그런데 이어지는 노형진의 말은 그의 상상을 초월하는 것이었다.

"일본의 영웅요? 얼마든지 되라고 하세요. 우리랑은 상관없습니다. 그놈들이 일본의 영웅이 아니라 일본의 구국의 화신이라고 해도 상관없습니다. 우리는 법에 따라 그놈들을 한국으로 송환해 갈 테니까요."

"하지만 국민들이 가만있지 않을 겁니다. 아까도 말씀드렸다시피……."

"네네, 압니다. 일본은 극단적 극우화가 되어 있고, 이제 사실상 파시즘으로 넘어가고 있다는 것도요."

"그걸 알면서 그런 말씀을 하십니까? 그들은 그놈들을 보호하면서 자국민들에게 한국에 대한 적대감을 키우려고 할 겁니다."

"놈들이 만일 독립운동가였다면 그게 가능하겠지요?"

하지만 그들이 독립운동을 한 것도 아니고 한국과 일본이 전쟁 중인 것도 아니다.

현실적으로 한국과 일본은 별개의 국가이고, 사이가 좋고 나쁘고를 떠나 일단 동맹 관계다.

"그런데 한국에 와서 사람을 죽였습니다. 그게 무슨 의미이겠습니까?"

"으음……."

"일본에서 그들을 보호할수록 그들은 사회적으로, 그리고 국제적으로 고립된다는 뜻이지요."

"그런!"

"아하! 그러네! 왜 그 생각을 못 했지?"

오광훈은 반색을 했다.

"넌 원래 그런 생각 안 하잖아, 이 새끼야."

피식 웃으며 말하는 노형진.

그러자 오광훈이 옆구리를 쿡쿡 찔렀다. 다른 사람이 있으니 창피는 주지 말라는 거다.

물론 후지무라는 쇼크를 받은 듯 한참을 말을 하지 못했다.

"해외의 시선……."

"일본은 타인의 시선을 많이 신경 씁니다. 그건 지금 후지무라 씨도 보이는 모습이지요."

그래서 일본은 다른 나라에 자기들의 좋은 모습만 보이려고 한다.

문제는, 지금은 그게 안 된다는 거다.

일본은 구조적으로 상당히 부패하였으며 또 민주주의가 낙후된 나라 중 하나다.

"그래서 오랫동안 일본은 가면을 쓰려고 노력해 왔지요."

지금까지는 그 가면을 잘 써 왔던 일본이다.

그래서 서양에는 소위 말하는 일빠들이 많다.

그들 입장에서 일본은 신비하고도 고고한 동양의 나라다.

지팡구라는 말이 있는데, 그건 마르코 폴로가 자신의 책에서 쓴 말로 일본을 의미하는 표현이다.

"거기에는 그런 말이 있지요. '왕은 황금으로 만든 궁전에 살며 사람들은 아이들을 잡아먹는다'."

"네?"

후지무라는 깜짝 놀랐다.

사실 일본인들은 그 지팡구라는 말을 무척이나 자랑스럽게 생각한다. 자신들의 신비한 과거를 표현했다고 생각하기 때문이다.

"아이들을 잡아먹어요? 그럴 리가 없습니다."

"네, 그럴 리가 없지요. 마르코 폴로는 일본에 온 적이 없으니까요."

"네? 그게 무슨 말입니까?"

"말 그대로입니다. 마르코 폴로는 일본에 온 적이 없습니다. 그는 《동방견문록》에 지팡구라는 말을 썼습니다. 그런데 본인 스스로가 이렇게 들었다고 표현합니다. 즉, 카더라라는 말입니다."

"카더라……."

"하지만 일본은 이걸 잘 포장했지요."

마치 지팡구가 신비한 동양의 나라인 것처럼 표현하면서, 그곳에 가면 일확천금을 잡을 수 있는 것처럼 느끼게 만들었다.

웃긴 게 현실을 보자면 그 당시에 동양, 즉 동아시아를 대표하던 나라는 중국, 정확하게는 원나라였다.

그곳에서 모든 걸 보고 배운 마르코 폴로다.

상식적으로 지팡구, 즉 일본이 그렇게 잘살았다면 과연 그가 일본으로 갈 기회가 없었을까?

그는 1254년에 태어나 1324년에 죽었다.

그리고 그 당시, 일본은 진짜 가난한 나라였다.

"그 당시는 일본을 정벌하려고 중국에서 사람들을 모으던 시기였지요. 그래서 그 당시에 일본을 침략해서 약탈하면 돈을 많이 번다는 소문을 퍼트렸다고 합니다. 그 소문을 마르코 폴로가 들은 거라고 많이들 생각하지요."

"그런……."

지금까지 지팡구라는 환상을 가진 건 해외만이 아니다.

일본 사람들도 그걸 자랑스러운 자기네 역사 중 하나로 많이 생각했다.

"그리고 말입니다, 《동방견문록》, 정확하게는 《세계의 기술》입니다만."

"《세계의 기술》요?"

"《동방견문록》은 일본에서 붙인 이름입니다. 원제는 《세계의 기술》이지요."

전혀 몰랐던 사실이었기에 후지무라는 살짝 의기소침해졌다.

그러나 더 놀라운 건 그 뒷이야기였다.

"애초에 마르코 폴로는 그걸 쓴 적도 없습니다."

"네? 하지만 다 마르코 폴로의 《동방견문록》이라고……."

"물론 화자, 즉 그것에 대해 말해 준 건 마르코 폴로가 맞습니다. 그가 전쟁으로 인해 제노바 포로가 되었던 시절이 있었는데, 그때 감옥에 같이 있던 루스티첼로 다 피사라고 하는 사람이 썼다고 하지요. 뭐, 간단하게 설명하자면 불경은 부처님의 말씀이지만, 그걸 쓴 건 부처님이 아니라 그 설법을 들은 사람들인 것과 비슷한 이야기입니다."

여러모로 몰랐던 사실이었기에 후지무라는 입을 다물었다.

"일본은 그런 사실을 적당하게 섞어서 자신들에게 지팡구라는 이미지를 뒤집어씌웠지요. 그래서 서양에서는 일본이 지팡구라는 이미지가 강해요. 심지어 마르코 폴로는 서양 사람인데도 불구하고 말이지요."

본 적도 없는 사람의 '썰'이 어느 순간 역사가 되고 그걸 뒤집어쓰고 신비한 나라가 된 게 일본이었다.

"일본은 자기들을 포장하는 데 아주 능숙하죠. 하지만 이번에는 쉽지 않을 겁니다."

그들은 어떻게 해서든 자기들을 포장해서 피해자로 주장할 것이다.

실제로 그들은 2차대전 당시에 자신들은 평화롭게 지냈는데 미국이 원자폭탄을 투하한 거라고 포장하며 자신들을 피해자로 만들고 있다.

"하지만 증명할 수 없다면요?"

"이미 죄는 대부분 증명되었습니다. 소각로가 발견되었고, 그 안에서 유전자가 나왔으며, 추적 결과 피해자들의 피가 묻어 있는 무기들이 나왔고, 그 무기에서 그들의 지문과 유전자가 나왔지요."

이걸 죄로 인정하지 않는다면 이 세상에 죄가 인정될 수 있는 건 아무것도 없다.

"하지만 그걸 일본은 인정하지 않고 있습니다."

노형진은 씩 웃었다.

"제가 말했지요, 대부분은 증명되었다고?"

"네?"

"즉, 아직 증명되지 않은 부분이 있다는 거지요, 후후후."

⚖

황색 언론.

언론의 가면을 쓰고 있지만 현실적으로 언론보다는 이슈 같은 것에 매달리는 매체를 말한다.

보통 검증된 사실을 보도하기보다는 입증되지 않은 사실을 전달하는데, 특히 한국에서는 대부분의 언론사들이 황색 언론의 형태를 띠고 있다.

이것이법이다

팩트보다는 이권에 따른 가짜 뉴스를 끊임없이 만들어 내기 때문이다.

물론 그건 다른 나라, 특히 미국도 마찬가지다.

미국의 황색 언론은 때로는 더 황당하기도 하다. 때때로 외계인이 발견되었다는 뉴스도 내보내는 게 그들이다.

그러나 그럼에도 불구하고 그들은 망하지 않는다.

메이저급의 판매량은 아니지만 그래도 많은 판매량을 유지한다.

왜냐? 그들은 어느 언론사보다 빠르기 때문이다.

다른 사람들이 팩트에 대해 확인하는 동안 그들은 일단 터트리고 본다.

거기에다가 그들은 체질적으로 눈치를 보지 않는다.

다른 곳에서 눈치를 보느라고 공개하지 않는 뉴스가 있다 해도, 그들은 서슴없이 공개한다.

그러다 보니 황색 언론이 평은 좋지 않아도 그럭저럭 팔려 나가는 것이다.

그리고 미국의 그러한 유명 황색 언론 잡지인 퍼펙트그루브에 새로운 뉴스가 올라갔다.

현대의 식인종 일본

한국 검찰의 조사에 따르면 일본인 중 상당수가 한국에서 식인 여행을 하는 것으로 드러났다.

그들은 한국으로 와서 사람을 죽인 후 잡아먹는 형태로 식인 여행을 벌여 왔으며, 한국 내부에는 그들을 지원해 주는 세력이 있다고 알려져 있다.

한국 경찰은 조사 결과, 수십 명이 그들에 의해 살해당했다고 의심하고 있다.

그들은 조사가 시작된 이후에 다시 일본으로 도피한 상황이다.

역사적으로 일본의 식인 문화는 오래되었다.

2차대전 당시에 일본군은 포로로 잡혀 있던 다수의 미군을 살해하고 식인을 한 기록이 있으며, 중국에서도 인질을 죽이고 간을 꺼내 먹었다는 기록이 있다.

미국의 대통령인 조지 부시 역시 2차대전 당시에 추락해서 구사일생으로 살아남았지만, 그의 동료들은 일본군의 식인 행위에 희생된 것으로 알려져 있다.

이러한 사건은 결코 단발적인 것이 아니다. 일본의 식인 문화는 상당히 오래되었으며, 비밀리에 전수되어 오고 있다는 의심도 있다.

그 예로 과거 일본의 식인 살인마 사가와 잇세는 프랑스에서 르네라는 여성을 살해하여 식인 한 후 일본으로 추방되었다.

그러나 일본에서는 그를 풀어 줬으며, 이 부분에서 일본의 식인 문화가 얼마나 전통적이며 또한 광범위한 것인지 유추해 볼 수 있다.

현재 한국 경찰에서는 식인을 저지른 범인에 대해 일본에 범죄인 인도 조약에 따라 인도를 요청하고 있으나, 일본은 정확한 이유 없이 해당 범죄자들의 인도를 거부하고 있는 상황이다.

갑자기 터진 식인 사건. 이 보도로 미국의 언론사들은 아주 난리가 났다.

처음에는 황색 언론들이 이슈를 타기 시작했고, 팩트 확인이 어느 정도 끝나자 슬슬 메인 뉴스에도 등장하기 시작했다.

일본 입장에서는 당혹스러울 수밖에 없었다.

물론 친일파이다 보니 보호하기는 했지만, 식인 여행을 다니는 식인 살인범까지 보호할 수는 없는 노릇이니까.

당연히 아니라고 부정했지만, 애초에 일본의 말을 믿는 사람들은 없었다.

지금까지 일본은 자신들에게 불리한 것은 무조건 부정하는 자세를 계속 유지해 왔기 때문이다.

드러나지 않은 사실뿐만 아니라 명백하게 드러난 사실까지도 인정하지 않는 게 바로 일본이다.

일본 일부에서는 심지어 2차대전 당시에 미국의 참전을 부르고 일본이 패망하게 된 원인인 진주만공격에 대해서도, 자신들이 선공당했으며 그건 정당방위였다고 주장할 정도니까.

"이거 뭐야? 이 말이 사실이야?"

호텔에서 뉴스를 보던 오광훈은 깜짝 놀랐다.

"반은 사실, 반은 거짓. 아니, 엄밀하게 말하면 거짓은 없지."

"뭐? 아니, 식인 문화라는 게 거짓이 아니라고?"

"아니. 식인 문화는 내 알 바 아니고."

노형진은 어깨를 으쓱했다.

"조지 부시 전 미국 대통령 사건과 르네 사건은 진짜야."

2차대전 당시에 실제로 일본군은 미군을 죽여서 그 고기를 먹기도 했다.

장교 중 일부는 자발적으로 먹었고, 병사들에게 강제로 먹도록 만들기도 했다.

"조지 부시 사건은 널리 알려지지 않았을 뿐 사실이고, 그래서 그는 일본에 대한 개인적인 감정이 좋지 않았어. 그 당시에 추락한 동료들 중에서 살아남은 건 그 혼자뿐이거든."

"그게 좋을 수가 있겠냐?"

세상에 자기 동료들을 잡아먹은 적을 좋아할 수 있는 사람은 없다.

"하지만 그 당시는 냉전 시대였으니까."

더군다나 일본이 어마어마하게 발전하던 때였다.

그래서 조지 부시는 그 사건에 대해 언급도 하지 않고 그저 개인적 감정으로 접어 둔 채 일본과 최대한 좋은 관계를 유지하려고 했다.

"그래서 미국에서는 그 사실을 잘 몰라."

"그런데 이게 이제 터진 거다?"

"그래. 정확하게는 터트린 거지."

미국은 외국에 있는 자국 병사들의 시신이라면 돈이 얼마가 들든 자국 영토로 데리고 가려고 하는 나라다.

그런데 그런 병사를 죽여서 잡아먹었다?

사람들이 분노하지 않으면 이상한 거다.

"더군다나 르네 사건 같은 경우는 인터넷에서 조금만 자료를 찾아보면 금방 나오지."

실제로 뉴스에서는 르네의 사진을 찾아서 올려놨다.

그녀는 지금 봐도 상당한 미녀였고, 그 때문에 살해당한 것도 사실이다.

"삼인성호라고 하지."

세 명이 성안에 호랑이가 있다고 말하면 그 말은 진실이 된다.

당장 이번 사건도 그렇다.

두 번이나 희생자가 나왔는데, 한 번은 대통령이고 한 번은 미녀다.

그리고 언론에서는 세 번째 피해자를 이야기하고 있다.

"세계 언론에서 보면 이건 진짜 미친놈들이거든. 더군다나 르네 사건 같은 경우는 제대로 처벌도 안 받았고."

2차대전 당시에 미군 병사들을 잡아먹은 일본군은 모두 전범으로 재판을 받고 사형을 당했다.

하지만 르네를 죽인 사가와 잇세는 그의 집안이 권력을 가지고 있었던 덕에 일본으로 추방당한 후 처벌을 받지 않았다.

"도리어 그는 방송에 나와서 영웅 대접을 받았지."

"영웅 대접? 에이, 설마."

"영웅 대접이라는 게 카퍼레이드만을 이야기하는 건 아니야."

그는 일본으로 돌아가 식인에 관한 책을 썼고, 그 후 수차 례 방송에 나와서 서양인들이 얼마나 맛있는지에 대해 떠들 었다.

"그리고 그 당시 방송 필름을 내가 구했지."

"헐!"

"조만간 2차 뉴스가 나갈 거야."

처음에는 사실만을 나열했지만 다음번에는 조금 다른 내 용으로 나갈 것이다.

"그러면 일본 입장에서는 환장하게 되는 거지."

졸지에 식인종 국가가 되는 거니까.

그들은 일본에 망명한 우치만을 이용해서 혐한을 키우려 고 했을 것이다.

봐라, 한국의 교수조차도 포기하고 일본으로 도망쳐 왔다. 한국은 가망성이 없는 나라다! 그게 그들의 계획이었을 것이다.

"하지만 그들이 식인과 관련되어 있으면 이야기가 달라지지."

"하지만 그놈들이 식인을 했다는 증거는 없잖아."

오광훈은 고개를 흔들며 말했다.

"그 사건은 내가 직접 조사했다고."

그 결과 식인 같은 것에 대한 증거는 없었다.

그런데 갑자기 식인이라니?

이것이법이다

솔직히 사건을 담당했던 오광훈 입장에서는 당혹스러울 수밖에 없다.

"했다는 증거는 없지. 하지만 하지 않았다는 증거도 없어."

"뭐?"

"내가 너 심심하지 말라고 여기에 데려왔겠니? 너를 책임에서 빼 주려고 데리고 온 거야."

"무슨 소리야?"

"일이 이쯤 되면 이제 세계 각 언론사들은 한국으로 시선을 돌리겠지."

사건의 진실에 대해 알아내려고 할 테고, 이 사건을 어떻게 해서든 계속 뉴스로 내려고 할 것이다.

"그러면 한국 검찰에서는 뭐라고 대답해야 할까? 후후후."

⚖️

"이번 사건에서 식인 행위가 벌어졌다는 게 사실입니까?"

"아직은 조사 중입니다."

"식인에 대해 인정하지 않는 건가요?"

"일단 관련 증거는 일본에 넘겼고 송환을 요청했습니다만, 식인에 대해서는 조사 중인지라 아직 말씀드릴 수가 없습니다."

검사는 전 세계에서 몰려든 기자들에게 변명 아닌 변명을 하면서 진땀을 흘렸다.

기자회견을 하고 싶지는 않았지만 워낙 기자들이 많이 몰려와서 방법이 없었다.

"다른 나라에서는 확실하게 의심하는 모양이던데, 대한민국 검찰에서는 사건의 은폐를 시도하는 건가요?"

"아닙니다. 절대 아닙니다."

코리아 타임라인 기자의 질문에 검사는 기겁하면서 손을 흔들었다.

"우리는 사건을 은폐하려는 시도는 하지 않습니다."

"제보에 따르면 영장이 청구되자마자 바로 일본으로 도주했다고 하던데요. 그러면 내부에서 그들을 도피시킨 것 아닙니까? 상황을 봐서는 사건의 은폐를 의심할 수밖에 없는데요!"

코리아 타임라인의 질문은 도리어 다른 기자들의 관심을 끌었고, 이제는 그 말을 기자들이 다급하게 적어 대고 있었다.

"아직까지도 검찰과 법원 내부에 남아 있는 친일파가 그들을 비호한다는 의혹이 있는데요."

"그건 절대 아닙니다."

"그 식인 여행이라는 게 이번이 처음인 건 확실합니까? 그동안 검찰과 경찰은 실종자에 대한 수색을 거의 하지 않는 편이지 않았나요? 특히 남성 실종자의 경우는 아예 실종자로 접수하는 것조차 거부해 온 걸로 알고 있는데요?"

"What?"

옆에서 열심히 내용을 적고 있던 외신 기자가 순간 어리둥절한 표정이 되었다.

그리고 질문을 던진 기자에게 도리어 물었다.

"그게 무슨 말입니까?"

"한국의 경찰과 검찰은, 남성 실종자는 무조건 가출로 보고 수사를 하지 않습니다. 이유는 알려 주지 않고 있지만요."

"설마 한국 검찰과 경찰 내부에서 식인 여행을 알고도 묵인했다 그겁니까?"

"그건 모르지요. 하지만 남성 실종자들은 실제로 어디로 갔는지 알 수가 없습니다. 수사가 진행조차 되지 않으니까요."

질문이 자신이 아니라 기자에게 향했지만 앞에 선 검찰은 도리어 진땀이 더 흘렀다.

"그러면 그 식인 여행이라는 것에 대해 아는 게 없는 게 확실합니까?"

"일단은 수사 중입니다."

검찰 측 대변인은 대답을 하면서도 속으로 끙끙 앓을 수밖에 없었다.

⚖️

"젠장, 이거 어쩌자는 거야?"

그 시각, 검찰 내부에서도 수사는 계속되고 있었다.

그들의 도주가 검찰 또는 법원 내부 스파이의 도움을 받은 결과라는 것은 거의 확정적인 사실이었고, 그렇잖아도 홍안수 문제로 인해 일본 스파이 색출에 열을 올리던 국민들은 눈을 뒤집으면서 물어뜯고 있는 상황이었다.

"차라리 그렇다, 아니다 제대로 말해 주면 안 돼?"

"그게…… 곤란합니다, 청장님. 현실적으로 사건을 수사하던 오광훈 검사가 일본으로 그들을 체포하러 간 상황이라……."

"그게 상관있어? 어?"

부하는 서울검찰청장에게 조심스럽게 말했다.

"만일 우리가 아니라고 했다가 나중에 진짜 식인이 드러나면 우리는 빼도 박도 못하게 사건을 축소하려고 했다는 의심을 삽니다."

그렇잖아도 도주의 책임이 검찰에 있느냐, 법원에 있느냐로 말이 많은 상황이다.

그런 상황에서 섣불리 부정했다가 만에 하나 식인이 드러나 버리면 그 책임은 온전히 검찰이 뒤집어쓰게 된다.

그리고 공무원들이 가장 싫어하는 것이 바로 책임이다.

"그러면 맞다고 해 버리면 되잖아?"

"그러면 정치적인 문제가 되어 버립니다. 우리에게는 식인의 증거가 없습니다."

듣고 있던 서울검찰청장은 한숨을 쉬었다.

"아니, 도대체 이해가 안 가네. 식인 하는 미친 새끼들이 어디 한두 명이야? 어? 그런데 왜 그놈들만 문제가 되느냐고!"

사실 한국에서도 막가파가 식인 살인을 한 적이 있다.

식인 살인마는 전 세계적으로 존재한다.

"그런데 왜 일본만 가지고 저 지랄이냐고!"

화를 내는 청장을 보는 부하들의 시선이 순간 갑자기 싸늘해졌다.

그렇잖아도 친일파 박멸이 최우선인데 마치 일본을 편들어 주는 듯한 말을 했으니까.

그제야 청장은 아차 했는지 헛기침을 했다.

"그러니까 내 말은, 다른 나라에도 식인 살인범이 없는 게 아닌데 왜 일본만 갑자기 언론에서 이렇게 씹느냐 이거지."

"다른 나라는 일단 처벌을 하니까요."

부하는 일단 대답은 해 줬다.

어차피 새로운 대통령이 취임해서 청장의 기록을 뒤졌는데 정말 친일파라면 그는 끝장일 테니까.

"일본은 과거에 식인 살인범을 풀어 준 일이 있습니다. 그는 방송에서까지 나와서 돈을 어마어마하게 벌었지요. 청장님 말씀대로 식인은 정신적인 문제이기 때문에 종종 있는 사건인 건 사실입니다. 하지만 일본처럼 그걸 처벌하지 않고 도리어 방송에까지 나오게 하는 일은 없습니다."

식인 살인범이었던 사가와 잇세의 경우 프랑스에서는 정

신이상 판결을 받고 일본으로 추방되었는데, 일본에서는 그를 정상이라고 판단해서 풀어 줬다.

상식적으로 그가 정상이라면 살인의 죄를 물어 감옥에 보내야 하는데, 그게 아니라 그냥 풀어 준 것이다.

미군에 대한 식인 사건도, 미친 살인범 한 명의 소행이 아니라 군대라는 국가조직 내에서 이루어진 사건이었다는 게 문제다.

아무리 막장 국가라고 해도 식인을 했다면 그들을 처벌하는 게 정상이다.

하지만 일본은 처벌하지 않았고, 그들은 나중에 전범 재판이 열린 후에야 처벌되었다.

즉, 일본이 처벌한 게 아니라 연합국이 처벌한 거다.

그 당시 기록을 보면 그들이 식인 한 이유는 식량이 부족해서라든가 하는 것도 아니었다.

단순히 술안주가 부족해서였다.

"그런 기록이 대대적으로 드러났으니 다른 나라 사람들은 이제 식인이 일본에서는 하나의 문화로구나 생각하게 되는 겁니다."

다른 나라는 아무리 막장이라고 해도 식인 하면 볼 것도 없이 사형이다.

그런데 일본은 아니었다.

"더군다나 타국에 와서 타국민을 잡아먹었다는 소문이 나면 문제가 되는 거죠."

"끄응……."

청장은 한숨이 푹 나왔다.

"결국 그 새끼들을 잡아 와야 어떻게든 수습이 되겠구만."

"아마도 그럴 겁니다."

다만 그게 쉽지는 않을 거라고 생각될 뿐이었다.

한국 가즈아~

얼마 후 황색 언론에서는 노형진이 준비한 자료가 나갔다.

당연히 전 세계 사람들은 경악을 금치 못했다.

식인 살인마를 찬양하고 방송에서 존경한다고 하는 미친 나라가 있을 거라고는 상상도 못 했으니까.

"그리고 이제, 자연스럽게 그놈들에게는 식인 살인마의 가면이 쓰이게 되는 거지."

정치적 탄압? 그딴 걸 아무리 주장해 봐야 식인 살인마라는 이름이 먼저다.

증거 조작? 이미 유전자부터 지문까지 다 나와 있다.

"부정하려면, 내가 살인은 했지만 식인을 하지는 않았다고 인정해야 하거든."

그런데 그렇게 되면 일본은 알면서도 살인마를 커버해 준 상태가 되어 버린다.

"결국 어느 쪽이든 일본 입장에서는 곤혹스러울 수밖에 없지."

"그런데 왜 하필이면 식인 여행이야? 살인 여행도 아니고."

오광훈은 바깥으로 흐르는 일본의 도시의 모습을 보면서 물었다. 운전하던 후지무라도 그 질문에 귀를 쫑긋 세웠다.

"살인하러 간 건 맞지 않습니까? 그런데 왜 여행이라고 표현하신 건가요? 이해가 안 갑니다만."

"간단한 이야기입니다. 여행이라는 단어는 일상과 아주 밀접하거든요."

일상이지만 일상이 아닌 게 바로 여행이다.

"만일 살인하기 위해 한국에 입국했다고 하면 그건 단발성 사건이 될 수도 있습니다. 물론 우리는 그들이 일본 극우의 사상적 살인범이라 추정하고 있습니다. 하지만 그건 말 그대로 추정일 뿐이지요."

그들이 진짜로 왜 살인하러 온 건지는 그들만 안다.

"그러니 우리가 좀 다른 발표를 한다고 해서 사건이 뒤집어지는 건 아닙니다. 당장 이번 사건에서 제가 여행이라는 단어를 쓴 건, 일상의 연장이라는 느낌을 주기 위해서이지요."

여행을 일상의 탈출이라고 표현은 한다. 하지만 그렇다고 해서 완전히 벗어나는 건 아니다.

"식인 여행이라고 하면 정기적으로 사람을 잡아먹기 위해 어딘가로 가는 것처럼 느껴지지요."

노형진은 빙긋 웃으며 말했다.

"그리고 그러한 행동은 의심을 불러일으키기 딱 좋습니다. 이런 말이 있지요. 오얏나무 아래서는 갓 고쳐 쓰지 말고 오이밭에서는 신발 고쳐 신지 마라."

자칫 오해를 살 수도 있기 때문이다.

"그리고 그들이 충분한 오해를 사게 해 줄 준비는 끝났습니다."

⚖

우치만은 대학의 교수다.

사회적으로 보면 대학의 교수는 상당한 직위의 사람들이다. 소위 말하는 사회 지도층으로 분류되는 타입이다.

그런 그들이 여행을 하지 않을까?

그럴 리가 없다.

현대사회에서는 해외여행도 특별한 결격사유가 있는 사람이 아니라면 어렵지 않게 갈 수 있는 일상적인 일 중 하나다.

우치만은 미혼으로, 혼자 여기저기 여행을 많이 다닌 편이었다.

노형진은 거기에 약간의 속임수를 가미했다.

―식인 여행단의 공범 중 한 명인 우치만의 여행 코스를 확인해 본 결과, 그가 갔던 여행지에서 최소 여덟 명이 그 시기에 실종된 것으로 드러나…….

오얏나무 아래에서 갓 고쳐 쓰기. 노형진이 시도한 게 바로 그거다.

그가 그 실종에 관련이 있는지 없는지는 알 수가 없다.

그는 특히 미국으로 여행을 많이 갔는데, 당연히 대도시 위주로 돌아다녔다.

그런 대도시에서 실종자가 생기는 건 흔한 일이다.

실질적으로 거의 매일 실종자가 생기는 곳이 바로 미국의 대도시다.

누군가에게 해쳐질 수도 있고 납치당할 수도 있지만, 돈이나 기타 사유로 인해 야반도주할 수도 있으니까.

사실 우치만이 가든 가지 않았든 그들은 사라졌을 것이다.

그러나 아 다르고 어 다른 게 바로 사람의 심리다.

―경찰에서는 우치만의 체류 기간 중 사라진 사람들에 대한 정보가 아직은 없다는 입장이며…….

물론 상관없을 수도 있다.

하지만 그건 어디까지나 그들이 제대로 수사해서 사실이

드러났을 때에나 확신할 수 있는 이야기다.

"이 상황에서 수사는 할 수가 없지."

현재 우치만은 일본 정부의 사람들에게 보호받고 있고, 미국에서는 우치만에 대한 조사를 요청했지만 일본 정부는 거부했다.

"그리고 그게 뉴스에 나갈 테고."

당연히 사회적으로 그리고 국제적으로 일본은 고립될 수밖에 없다.

일본의 사법 시스템이 상당히 낙후되어 있다는 건 널리 알려진 사실이고, 그 때문에 미국 경찰도 그들을 믿지 않는다.

"일본 입장에서는 아마 미치고 팔짝 뛰고 싶을 거다."

풀어 줄 수도 없고 조사도 할 수 없는 일본 입장에서는 자신들의 평가가 떨어지는 것을 가만히 두고 보는 수밖에 없을 것이다.

"과연 언제까지 버틸지, 두고 보자고, 후후후."

"칙쇼!"

야베는 보고서를 받아 들고는 침음성을 삼켰다.

그동안 일본이 만들어 온 신비한 동양이라는 이미지가 사정없이 박살 나고 있었다.

한국 가즈아~ 169

"미국 내 반응은 어떤가?"

다른 곳은 무시한다고 해도 미국에서의 반응은 아주 중요하다.

그리고 그 반응은 좋지 않았다.

"방송국에서 그 당시 사망한 유가족들의 인터뷰를 공개한 후에는 일본에 대한 부정적인 여론이 압도적입니다."

"배후는 또 그놈인가?"

"저희 능력으로는 알 수가 없습니다. 하지만 방송국들이 그 사건을 재조명하면서 심각한 이미지 타격이 이루어지고 있습니다."

미국에도 일본은 중요한 동맹이다.

그래서 2차대전 당시의 식인 문제에 대해서는 공개하지 않아, 미국 내에서는 일본의 미군 식인 문제에 대해 아는 사람이 없었다.

하지만 그게 공개되고 방송국에서 피해자들, 즉 그 사망한 미군의 가족들이 기자회견을 하자 미국 내 일빠들은 하나같이 입을 꾸욱 다물었다.

수십 년 동안 막대한 돈을 들여서 키워 둔 미국 내 친일파가 모조리 꼼짝도 못 하는 상황이 되어 버린 것이다.

그럴 수밖에 없는 게, 한국과 미국은 상황이 다르기 때문이다.

한국에서는 무기도 없고 또 한국 사람들의 성향 자체가 공격적이지 않기 때문에 친일파 짓을 해도 욕은 먹을지언정 직접적 공격이 들어오지는 않는다.

하지만 미국은 아니다.

문화 자체가 공격적이고, 개인용 총기 소지가 허락된 나라다.

당연히 그로 인한 부작용은 많다.

"레이슨 아나운서가 총살된 후에는 모든 친일파가 입을 꾹 다물고 있습니다."

레이슨은 미국 유명 매체의 아나운서이자 동시에 아주 유명한 친일파였다.

국제 행사 중 한국의 발전은 일본이 지배함으로써 이루어졌다고 해서 한국에서도 사회적 지탄을 받은 인물이었다.

그런 그가 총격에 의해 사망한 것은 일본의 미군 식인 사건이 밝혀진 후였다.

그 후에도 그는 일본에 대한 극단적 우호를 표현했는데, 그럴 수밖에 없는 게, 그는 장기적으로 정치를 꿈꾸고 있었고 일본은 그런 그에게 정치자금을 대고 있었기 때문이다.

하지만 그러한 극단적 일본 옹호는 미국의 국수주의자들을 자극했고, 출근하던 그의 머리통에 어디선가 날아온 총알이 틀어박혔다.

"젠장, 일이 대체 어떻게 되어 가는 거야?"

야베는 입술이 바짝바짝 말랐다.

자신들이 수십 년간 이룩해 온 이미지가 박살이 나고 있었다.

문제는 그러한 식인이 미국만의 문제는 아니라는 거다.

미국이 연합국으로 참전한 건 사실이다.

그리고 그 당시의 연합국에는 유럽도 대부분 포함된다.

일본과의 전투에 참가한 유럽인의 숫자가 상대적으로 적은 것은 사실이나, 그렇다고 해서 유럽에서 일본과의 전쟁에 병력을 투입하지 않은 것은 아니다.

그리고 노형진은 거기에서 멈추지 않았다.

"특히 그레이 세턴 의원이 문제입니다."

"그레이 세턴 의원?"

"그렇습니다. 상원 의원인데, 그쪽에서 이 문제를 들고나왔습니다."

미국에서는 로비가 합법이다.

돈이 넘치는 노형진이 로비를 하지 않을 이유가 없었다.

"그레이 세턴 의원은, 이 문제는 미국의 심각한 역사 기만이라며 조국의 영웅을 잡아먹은 괴물들에 대한 이야기를 명백하게 기술하지 않는다면 그게 무슨 역사냐고, 해당 사실의 역사 교과서 기술을 요구하고 나섰습니다."

"뭐!"

야베는 벌떡 일어났다.

물론 일본과 미국이 전쟁을 치른 것은 사실이다.

하지만 전쟁을 했다는 것과 상대방을 잡아먹었다는 것은 전혀 다른 문제다.

"그건 안 돼! 절대 막아야 해! 그게 어떤 효과를 발휘할지 아나!"

그걸 배운 미국의 청소년들은 당연히 일본에 대해 적대감을 가지게 된다.

당장 일본 특유의 문화는 미국에서 어마어마하게 소모되고 있고, 거기서 나오는 돈은 절대로 적지 않다.

그러나 그 식인 사건이 널리 알려지기 시작하면서 매출 급락이 눈에 확 띌 정도였다.

"그렇게 되면 미국의 모든 아이들이 반일 감정을 가지게 된단 말이다!"

물론 한국처럼은 아니겠지만, 미국에서도 좋게 보일 수가 없다.

더군다나 식인이라는 것은 야만의 끝이나 마찬가지다.

만일 미국에서 일본 문화를 좋아하는 사람이 주변으로부터 미개한 식인 문화를 가진 일본이나 빤다는 이야기를 들으면 그가 당당하게 그걸 소비하면서 살 수 있을까?

그럴 리가 없다. 그렇게 되면 일본의 문화 수출은 점점 줄어들 수밖에 없다.

물론 그렇지 않을 수도 있다.

식인 사건이 벌어진 것은 수십 년 전 일이니까.

그러니 지금 와서는 상관없는 일이라 여겨질 수도 있다.

한 가지만 빼면 말이다.

"문제는 우치만과 그 일당입니다. 그놈들이 식인 살인범이라는 이미지를 가지고 있는 이상에야……."

보조관은 뒷말을 삼켰지만 그 말의 의미는 확실했다.

그들을 보호하는 동안에는 일본도 어쩔 수 없이 식인이라는 이미지가 뒤집어씌워진다는 거다.

"하지만……."

그들을 돌려보내면 그때부터는 심각한 문제가 된다.

그럴 수밖에 없는 게 이는 친일파를 돌려보내는 것이고, 그러면 한국의 친일파와 매국노가 변절할 가능성이 높아진다.

최소 수십 년 동안 권력은 꿈도 못 꾸는데 보호조차 받지 못한다면 그들이 계속 일본을 편들어 줄 리가 없다.

물론 옛날처럼 막대한 돈을 쥐여 준다면 변절은 하지 않을 것이다.

'그게 안 되니까 문제지.'

돈을 쥐여 주고 싶어도 쥐여 줄 돈이 없다.

일본의 경제는 파탄 직전이고, 현실적으로 그걸 해결할 수 있는 어떠한 방법도 제시하지 못하고 있는 상황이다.

심지어 일본의 자산은 안전한 한국으로 넘어가고 있는 상황이고, 그걸 막을 만한 방법이 없다.

"총리 각하, 이대로 두면 일본의 이미지가 완전히 부서집니다. 이미 여행객이 점점 줄어들고 있습니다."

세상에 어떤 미친놈들이 식인종을 찬양하는 나라에 오고

싫어 하겠는가?

"그들을 지금이라도 한국으로……."

"안 된다!"

"네?"

"절대 안 돼! 그들을 한국으로 보내는 것은 우리가 수십 년 동안 키워 온 친일 세력을 박살 내는 짓이야. 어차피 시간이 지나면 다 잊히게 돼. 그러니까 무시해!"

야베의 말에 보좌관은 턱 끝까지 올라온 말을 집어삼킬 수밖에 없었다.

'무시하기에는 시간이 너무 지났습니다.'

그는 안다, 이 말을 해도 야베가 생각을 바꾸지 않으리라는 것을.

⚖

"오래 버티네?"

노형진은 끝까지 우치만을 보내지 않는 야베와 일본의 행태에 피식 웃었다.

사실 예상은 했다.

이미 드러난 건 드러난 거고, 일본의 성격을 보면 그럴 거라고 말이다.

"이 새끼는 뭔 깡이야?"

사정을 모르는 오광훈은 기가 막힌다는 표정이었다.

하긴 그의 입장에서는 전 세계에 일본이 어떻게 보일지는 전혀 신경 쓰지 않는 짓이니까.

"아니, 저런 행동이 용납되는 거야?"

"솔직히 말하면? 용납돼."

"뭐?"

"일본은 애초에 다른 나라에 신경을 잘 안 쓰면서도 신경을 많이 쓰지."

"뭔 개소리야?"

"신경을 쓰기 때문에 이미지 관리를 하지만, 또 돈만 있으면 뭐든 할 수 있다고 생각하는 게 바로 일본이야."

실제로 일본은 올림픽 개최지로 도쿄가 선정되게끔 뇌물을 뿌렸고, 그걸로 수사까지 받았지만 한 점의 부끄러움도 없었다.

일본의 정치적 전략은 간단하다.

모든 걸 돈으로 해결한다.

실제로 한국과 중국은 일본의 2차대전 당시 여성 성 노예 사건을 세계문화유산으로 남기려고 많은 노력을 하고 있다.

그러나 다른 문제들과 달리 이상하리만치 세계문화유산으로 인정되지 않고 있다.

사람들의 생각과 다르게 세계문화유산은 좋은 것만 등재하는 게 아니라 나쁜 것도 등재한다.

역사에서 배워서, 다시는 그런 일이 벌어지지 않게 하기 위해서다.

"하지만 일본은 그 성 노예 사건이 등재되는 것을 막기 위해 많은 노력을 하고 있지."

뇌물도 뿌리고 관련 재단에 협박도 한다.

만일 그걸 등재한다면 더는 회비나 지원금을 주지 않겠다고 말이다.

실제로 그러한 협박 때문에 세계적인 문제 해결 단체들은 유독 일본에 대해서는 입을 다무는 성향이 강하다.

"그들은 감추려고만 하지. 그게 일본 특유의 특성이야. 가령 지옥섬이라고 불리는 군함도 같은 경우는 세계문화유산에 등재되어 있어. 하지만 그 사유가 웃기지."

군함도가 등재된 목록은 근대산업화 유산이다.

사실 정상적으로 본다면 그곳은 조선인을 강제로 노역시킨 지옥이었고 근대산업 자료가 아니라 전쟁범죄로 기록해서 등재해야 하지만, 일본은 온갖 소송과 협박 그리고 꼼수를 통해 군함도를 근대산업화 유산으로 등록했다.

"시간이 지나면 거기에서 죽은 조선인에 대한 기록은 아마 흔적도 없이 사라지겠지. 이번도 그때와 마찬가지야."

어차피 여기서 지랄해 봐야 묻히지는 않을 것이다.

그러니 차라리 입 닥치고 시간을 끌면서 조용히 사건이 사라지기를 기다리자, 그게 야베의 결정이었던 것.

"그게 가능해?"

"일단 불가능하지는 않지."

지금이야 발끈하지만 미국이 그걸 10년씩 물어뜯을 수는 없다.

당장 노형진이 그걸 키우기 위해 미국의 상원 의원에게 로비를 하고 있다지만, 잠잠해진 후에는 다시 일본이 로비해서 교과서에서 지우는 건 그다지 어려운 일이 아니다.

"시간이 갈수록 역사는 늘어나고, 각각의 사건에 대해서 배울 수 있는 시간은 줄어드니까."

그러니 역사학자가 아니라면 결국 이미 제작된 역사 교과서를 통해서 역사를 배워야 하는데, 일본은 거기에서 이번 사건을 지울 자신이 있는 것이다.

"사실 이게 지금 이슈화돼서 그렇지, 현실적으로 역사 교과서에 올라갈 만한 부분은 아니거든."

역사 교과서는 미래지향적으로 만들어져야 한다.

절대 아이들에게 증오를 전달하는 구조가 되어서는 안 된다.

한국이 일제강점기를 역사 교과서에 올려야 하지만 그들이 저질렀던 그 모든 전쟁범죄 자료, 성 노예 사건과 강제징용, 한국인들에 대한 고문과 마루타라고 불리는 731부대의 상세한 실태는 빼는 이유가 그거다.

과거는 알아야 하지만 그로 인해 증오에 빠지면 안 되니까.

"그렇다면 네가 로비한 그 사람을 통해서는 역사 교과서에 못 올리는 거야?"

"못 올라가지."

노형진은 어깨를 으쓱했다.

올라갈 수가 없다.

그건 상식과 미래의 문제다, 증오의 문제가 아니라.

"부시도 자신의 동료를 잡아먹었던 일본과 결국은 손잡았어. 과거가 아니라 미래가 중요하다는 거지."

"칫, 제대로 엿 먹일 수 있었는데."

"굳이 교과서를 통해 가르쳐 줄 필요도 없고."

"응?"

"한국 사람들의 일본에 대한 적대감은 사실 문화적 유전자 레벨이나 마찬가지거든. 아무리 그런 걸 삭제한다고 해도 인터넷 조금만 뒤지면 나오니까."

그러니 딱히 교과서에 그런 글을 올릴 이유는 없다.

물론 일본은 그런 미래에 대한 개념 없이 역사를 조작만 해서 문제지만.

"뭐, 그래. 역사적 문제야 그렇다고 쳐. 그 새끼들은 어쩔 건데?"

역사고 나발이고, 오광훈의 목적은 그 살인마들을 잡는 것이다.

역사적 교훈? 그런 건 신경 쓸 만한 성격이 못 되니까.

"내가 말이야……."

노형진은 말을 하다가 키득거렸다.

"왜 이 사건을 전 세계에 알릴 때 유독 우치만의 이름만 전면에 내세웠는지 알아?"

"응?"

"사실 이번 사건의 관련자는 여섯 명이잖아."

그중에서 우치만은 전면에서 공격당하고 있지만 정작 일본인들은 그다지 알려지지 않았다.

"그러고 보니 그러네. 일본 이미지를 작살내려면 그놈들을 전면에 내세워야 하는 거 아냐?"

"그렇지. 하지만 아까 말했잖아, 일본은 외부의 눈은 그다지 신경 쓰지 않는다고."

최소한 자신이 그걸 통제할 수 있다고 생각하는 이상 절대 반성이나 사과를 하지 않는 게 바로 일본이다.

"그러면 어쩌자는 거야?"

노형진은 빙긋 웃었다.

"내부의 눈을 이용해야지, 후후후. 일본 입장에서는, 아무리 자기네를 물고 빨아 준다 해도 우치만은 결국 조센징일 뿐이거든, 흐흐흐."

⚖

일본도 결국은 선거를 하는 나라다.

그리고 야베는 그중 극우 세력과 손잡고 있다.

그러나 극우 세력과 손잡고 있다고 해서 그들이 영원히 같이 가는 것은 아니다.

"조센징 놈이 우리 대일본국의 명예를 땅에 떨어트리고 있습니다! 고작 조센징 하나 때문에 우리는 후안무치한 식인종이 되었습니다. 총리는 왜 이렇게 그 한낱 조센징을 지키려고 하는지 이야기하고 목숨으로 사죄해야 합니다!"

노형진은 수년간 일본 정치계에 사람을 넣기 위해 노력해왔다.

실제로 일본의 정치계에는 상당수 노형진의 사람들이 숨어 있으며, 그들은 자신을 감추고 활동하고 있었다.

그래서 특히 일왕의 세력이 커지면서 일왕을 우선시하는 세력은 대부분 노형진이 통제할 수 있었다.

물론 대부분의 극우들은 노형진에게 통제받고 있다는 걸 모르지만.

하지만 몇몇 최상위 계층은 안다.

그리고 그 최상위 계층은 당연히 정치적 목적을 위해 움직인다.

극우의 궁극적 목적은 권력이니까.

"지금 한국에서 넘어오는 조센징들을 야베 총리는 무차별적으로 받아들이고 있습니다. 대일본국의 순수성을 더럽히고 있는 것입니다. 이게 말이나 됩니까?"

그중 한 명인 마츠하시 주히치는 극우 세력을 모아 두고 열변을 토하고 있었다.

"그들은 한국에서 변절하여 대일본국에 도움을 요청한 자들이오!"

다급하게 야베 파벌이 항변했지만 마츠하시에게는 통하지 않았다.

"결국 변절자라는 소리지요. 그놈들은 일본에 와서 일본에 기생하면서 우리의 돈을 빨아먹고 있는 기생충일 뿐입니다."

"아니오! 그들은 일본에 한국의 본모습을 알리고 있는 영웅들이오!"

"지랄하지 마세요! 영웅? 우리 대일본국이 언제부터 조센징 영웅이 필요할 정도로 추락했습니까? 고작 간자 한 놈이 영웅이라 불릴 정도로 위대하단 말입니까? 그놈이 과거 찬란한 대일본국의 영웅들과 비교될 만한 놈이라고요?"

야베 편을 들어 주던 사람들은 입을 다물었다.

틀린 말은 아니니까.

자랑스러운 일본이, 다른 곳도 아닌 한국의 영웅을 필요로 한다?

"그놈은 그냥 변절자일 뿐입니다."

마츠하시 주히치는 차갑게 말했다.

그리고 그의 말에 대부분의 극우 세력이 동의의 시선을 보냈다.

'그럴 테지.'

마츠하시는 속으로 미소 지었다.

사실 당연한 현상이다.

아무리 잘났어도 결국 조센징이다.

한국에서 친일파나 매국노로 활동하는 놈들은 일본이 우월하다고 생각한다. 그리고 그 명을 받아서 활동하면 자신들이 명예 일본인이 된다고 생각한다.

하지만 현실은?

명예 일본인은커녕, 그래 봤자 결국 조센징이다.

그들은 일본을 위해 나라를 팔아먹지만 일본은 그들을 도구로 볼 뿐이었다.

"우치만은 교수까지 한 자야. 그런 자가 자국을 까는 건 효과가……."

"그리고 살인범이지요. 살인범이 처벌이 무서워 타국으로 도망쳐 와 망명한 후 자국을 까는 건데 누가 믿겠습니까?"

"으음……."

"더군다나 그놈은 전 세계에서 식인 괴물로 불리고 있습니다. 그런데 그놈이 한국을 깐다고 한국의 위상이 추락하겠습니까? 도리어 그놈을 보호하고 있는 우리 대일본국의 위상이 추락하는 게 현실 아닌가요?"

"……."

맞는 말이다.

한국은 그들이 살인을 저질렀다는 증거를 내놨다.

그리고 식인 문제에 대해 추가 조사를 하기 위해 그들을 내놓으라고 하고 있다.

"지금 일본의 위상이 고작 이것밖에 안 되는 겁니까? 아니면, 그렇게 해서라도 그 조센징을 지켜 줘야 할 만큼 중요한 비밀이라도 감춰져 있는 겁니까?"

"비밀이라니!"

발끈하는 야베파.

하지만 분위기는 이미 마츠하시 주히치 쪽으로 넘어왔다.

"아니라면 그놈을 보호하는 이유가 도대체 뭡니까?"

"전에도 말했잖나! 한국의 친일 세력 보호를 위해서라고."

"그놈이 없으면 한국의 친일 세력이 붕괴될 정도인가요?"

"그건 아니지만……."

우치만은 지방대의 교수였다.

그래도 나름 영향력이 있기는 했지만 지금은 아니다.

도리어 그로 인해 한국 내 친일 세력의 급속한 축소를 불러왔다.

"딱히 이유도 없고, 점점 우리 대일본국의 이미지도 박살이 나는데 그걸 그냥 넘어가라고요?"

"이, 이보게나……."

"저희는 지금까지 자민당을 믿고 따라왔습니다. 하지만 대일본국의 명예를 더럽히는 놈들은 그냥 두고 볼 수가 없네요. 지지 정당을 바꾸겠습니다."

"뭐…… 뭐라고?"

"저희는 다음 선거에서 자민당이 아니라 일미당을 지지하겠습니다."

일미당.

일본 미래당을 의미한다.

이들은 빠르게 성장하고 있는 극우 세력이었다.

지금까지 자민당과 그 일파가 권력을 잡고 있었다면, 일본 미래당은 지역에 토착해서 시민들과 함께 성장하는 타입이다.

일본에서 지금까지 없었던 타입이고, 그래서 그 소속 정치인들의 이름은 최소한 그 지역에서는 유명하다.

"이봐! 그게 무슨 말인가!"

마츠하시 주히치에게 발끈하는 야베파 의원들.

그럴 만했다. 만일 그와 그의 일파가 넘어가면 다른 곳 역시 넘어갈 가능성이 높기 때문이다.

"아니면 이유라도 제대로 대 보시지요, 도대체 왜 일본이, 고작 한국에서 온 살인범 하나 때문에 전 세계에서 식인종이라고 욕을 먹어야 하는 건지."

"그건 오해일 뿐이라니까!"

"그래요. 그런데 왜 그걸 그냥 두느냐 말입니까! 그것도 돌려보내면 그만인 조센징을 말입니다!"

"하지만 그는 망명해 온 사람이고……."

"사람을 죽이고 도망쳐 온 놈인데 망명이 중요한 거요? 도리어 우습지 않습니까? 전 세계에서 살인을 하고 일본으로 오면, 다 받아 줄 겁니까? 일본을 살인범 천국으로 만들 생각입니까?"

야베 측 의원들은 말을 하지 못하고 고개를 숙였다.

"일주일 드리겠습니다. 만일 일주일 안에 그 조센징 놈을 처리하지 못하시면 저희는 야베에 대한 지지를 철회하겠습니다."

그렇게 답이 나왔고, 그 최후의 결정에 야베파 의원들은 한숨을 쉬었다.

⚖️

외국의 분위기? 그건 상관없다.

일본이 그런 거에 신경 쓰는 나라는 아니니까.

돈으로 바꾸면 된다고 생각하니까.

그러나 자국 내의 지지 철회? 이건 심각한 문제다.

해외에서 뭐라고 하든 그건 감출 수 있고 조작할 수 있지만, 자국 내에서 지지 세력이 등을 돌리기 시작하면 선거에서 진다.

아니, 선거가 문제가 아니라 자민당에서 권력을 유지하기 위해서라도 결국은 그 문제가 되는 대상, 즉 야베를 쳐 낼 수밖에 없다.

"아베 총리, 이제 그만하지."

자민당의 중진 의원이 모여서 하는 말에 야베는 소리를 지르듯 말했다.

"이건 한국에 놀아나는 겁니다! 우리가 버텨야 한국에 있는 우리 세력이 버틸 수 있습니다!"

"버텨? 뭘 버티겠다는 건가? 당장 내년에 그들에게 보내 줄 공작금을 구하는 것도 문제야. 돈이 없네. 가뜩이나 돈도 없는데 한국으로 유출하는 걸 알면 다른 자들이 가만히 있겠나?"

"그건……."

"설사 어떤 식으로든 돈을 구해 몰래 한국으로 보낸다 해도, 한국 정부가 지금처럼 멍청하게 가만히 있을 거라 생각하나?"

"네?"

"그들은 돈을 받은 친일 인사들에 대한 박멸을 시작했어. 몇 년간은 계속될 거야. 그러면 그걸 받은 사람들에 대해 한국에서 스파이 혐의를 씌우지 않겠나?"

야베의 눈이 커졌다.

그 부분은 생각해 보지 못했기 때문이다.

물론 한국에서 그렇게 사건을 조작하면서까지 그들을 잡지는 않을 것이다.

그러나 조작을 당연하게 생각하는 일본인들에게 있어서는

절대 그런 상황이 아니었다.

"향후 몇 년간은 돈을 주면 그에 대해 지속적인 감시와 탄압이 들어갈 거야. 그러면 어떻게 되겠나?"

"그건……."

"그게 걸려서, 한국 정부에서 일본이 지속적으로 자국에 스파이를 심으려 한다고 주장하면 어쩔 건가?"

"……."

"미국에서 상당히 심기 불편하게 생각하고 있네."

미국은 홍안수가 스파이라는 걸 알고 이용했다.

그러나 그것과 별개로, 한국과 일본이 극단적 대립 상태를 유지하는 것을 꺼리는 상황이다.

그렇게 되면 좋은 건 중국과 러시아이기 때문이다.

자신들도 홍안수의 약점을 잡고 흔들었기에 대놓고 말은 못 하지만, 현재 미국은 일본에 일단은 숙이고 들어가면서 관계를 개선하라는 눈치를 주고 있다.

"그 상황에서 자네가 또 한국에 스파이를 심으려고 하면 어떻게 될 것 같나?"

"큭……."

아무리 야베가 잘났고 권력이 강하다고 해도 결국은 당에서 뽑는 총리다.

만일 자민당에서 야베를 버린다면 그도 어쩔 수 없이 버려지는 게 현실이다.

"미국에서는 적당히 선을 그으라고 했네."

그 말은 미국도 더 이상 야베의 편의를 봐주지 못한다는 뜻이다.

이번에 터진 식인 문제와 별도로 한국에 무리하게 압력을 행사하면 튀어 나갈 게 뻔하니까.

"다음 정권은 필연적으로 반골 기질이 강한 놈이 정권을 잡을 거야. 미국은 중국과 러시아 때문에라도 그들을 살살 달래야 하지. 홍안수에 관련된 정보를 감춘 약점도 있으니까."

"그러면 한국의 도모는……."

"언젠가는 하겠지. 하지만 당분간은 아니야. 선거에서 이겨야 하지 않겠나."

극우 세력을 유지하고 거짓말을 하고 국민을 속이는 이유가 뭔가? 바로 권력 때문이다.

우치만의 망명을 받아들인 것도 그 때문이고 말이다.

그런데 그 때문에 권력을 잃어야 한다면 무슨 소용이 있겠는가?

"다른 놈은 아니더라도 우치만 그놈은 돌려보내. 다른 사람들은 일본국 국민이라 보호해야 하지만 우치만 그 인간은 어차피 조센징 아닌가?"

야베는 입술을 깨물었다.

⚖️

결국 우치만의 송환이 결정되었다.

당연히 우치만은 가지 않기 위해 발악했지만 소용이 없었다.

그는 일본 정부를 대상으로 소송을 걸었지만, 소송이 들어간 지 채 하루도 지나지 않아 기각 결정이 났다.

공식적인 이유는 살인의 죄명이 너무 확실해서 소송할 필요가 없다는 거지만, 현실적으로는 버려진 것이다.

"아이고, 우치만이. 우리 처음 보지?"

오광훈은 질질 끌려 나오는 우치만의 옆에 서서 그의 얼굴을 툭툭 쳤다.

"우리 우치만이. 내가 보고 싶어서 이렇게 일본까지 행차했어요."

"너 이 새끼…… 내가 누군지 알아!"

"알지요, 친일파에 살인마. 뭐, 네가 우리 청장님이랑 술도 마시고 사우나도 가고 뭐 그런 사이였나? 그래도 이번에는 안될 텐데."

오광훈의 빈정거림에 우치만은 이를 박박 갈았다.

우치만 스스로도 끝났다고 생각하고 있었기 때문이다.

"이 개새끼, 내가 돌아가기 전에 네 이빨 두어 개는 빼 버려야 속이 풀리겠다."

그러면서 오광훈은 손을 번쩍 들었다.

그 손이 자신을 노리는 것을 느낀 우치만은 눈을 질끈 감았다.

그러나 그에게 주먹이 날아오지는 않았다.

그 대신에 누군가의 목소리가 들려왔다.

눈을 떠 보니 어떤 남자가 오광훈의 손을 잡고 있었다.

"뭐야? 안 놔?"

"변호사 앞에서 주먹질이라니, 간땡이가 부었군요. 요즘 검찰 사정이 안 좋은 거 모르시나 보죠?"

"시발, 너 뭐야?"

변호사라는 말에 오광훈은 눈을 찌푸렸다.

아무리 그러고 해도 변호사 앞에서 우치만을 때릴 수는 없기 때문이다.

"닝기미."

"욕하지 마시죠. 지금 녹음하고 있습니다."

"염병, 씨발, 좆같은 게."

오광훈은 도발하듯 계속 욕설을 내뱉었지만 더 이상 주먹질을 시도하진 못했다.

"당신, 누구야?"

"우치만 씨의 변호사입니다. 변호사 동석 없이 취조는 불법인 거 아시죠?"

"아직 이송 중인데."

"그 과정에서 취조가 일어나지 말라는 법은 없으니까요."

"씨발."

실제로 오광훈은 그럴 생각이었기 때문에 똥 씹은 표정이
되었다.

"이송에 동행하겠습니다. 아, 그리고 공항에 가면 보안문
을 통해 따로 빼 주시기 바랍니다."

"뭐? 이 새끼는 살인범이야. 알아?"

"살인범이 아니라 살인 사건의 피의자이지요. 무죄 추정
의 원칙 모르십니까?"

그 변호사는 차갑게 말했다.

"돌아가서 죄가 확정되면 그때 살인범이라고 부르세요."

"뭐? 이 새끼가 정말! 너 뭐야? 누가 보냈어?"

오광훈은 그에게 당장이라도 주먹질을 할 것처럼 달려들
었다.

그러나 다른 수사관들이 그런 오광훈을 말렸다.

"오 검사님, 그러다 큰일 납니다."

"지금 이놈 찍으려고 공항에 기자들이 가득하다고요."

"멍이라도 하나 나면 난리 납니다."

"씨발, 씨바아악!"

결국 그들에게 끌려가는 오광훈.

얼떨떨한 표정으로 변호사를 바라보는 우치만.

"당장 개별적인 대기실을 제공하세요. 무죄 추정의 원칙
이 유지되는 상황에서 피의자의 얼굴 공개는 불법입니다."

이것이 법이다

변호사의 말에 떨떠름한 표정이 된 검찰들은 일본 측 공항 관계자들과 잠시 이야기하더니 그들을 공항의 작은 방으로 들여보내 줬다.

그리고 그곳에 들어가려고 하는 그때, 변호사가 그들을 막았다.

"지금부터 변호사로서 의뢰인과 진지한 이야기를 하겠습니다."

"뭐? 잠깐! 그게 뭔 소리야? 야!"

"이런 경우에는 비밀 유지를 해 줘야 하는 거 아시죠?"

"너 뭐야, 진짜!"

"어차피 이 방은 막혀 있습니다. 도주 못 하니까 입구만 지키십시오. 의뢰인과 제 이야기는 기밀입니다."

"이런 개씹……."

오광훈은 욕을 계속했지만 별수가 없었다.

실제로 변호인과 의뢰인이 대화할 때 그걸 감청하는 것은 불법이다.

"야, 이 새끼들 어디 가지 못하게 해. 화장실이라도 가면 무조건 수갑 채우고."

"네, 검사님."

오광훈이 짜증을 내며 가 버리자 두 명의 수사관이 입구에 서서 지키기 시작했다.

그리고 방에 홀로 남은 우치만은 그 변호사를 바라보았다.

"누구십니까?"

"홍하식이라고 합니다. 우치만 씨의 변론을 당분간만 담당하게 되었습니다."

"당분간?"

"그렇습니다. 한국에 도착한 후에는 다른 변호사를 구하셔야 합니다. 저를 보내신 분은 신분이 드러나는 걸 꺼리십니다."

"으음……."

일단 우치만은 고개를 끄덕거렸다.

은근히 자신에게 도움을 주려고 하는 사람이 있다는데 굳이 뿌리칠 이유야 없다.

의심할 만한 것도 아닌 게, 자신이 입을 나불거리면 피해를 많이 볼 사람들이 한두 명이 아니다.

어쩌면 몇몇은 반역 혐의로 인생을 종 칠 수도 있는 상황이니까.

"드러나는 걸 싫어하시기 때문에, 한국에 가서서 정식 변호사를 선임할 때까지만 제가 보호해 드립니다."

"저 망할 검사 새끼한테 엿 좀 못 먹입니까?"

"오 검사요? 그놈은 검찰에서도 내놓은 미친놈입니다."

"끄응."

"일단 그놈이 우치만 씨를 추적한 상황인지라 떨궈 낼 수도 없고요."

우치만은 한숨을 푹 쉬었다.

결국 인생이 이렇게 끝날 줄은 몰랐기 때문이다.

망명이 인정되었을 때까지만 해도 일본에서 혐한 서적을 팔아서 돈을 많이 벌 거라 생각했다.

그런데 책을 팔기는커녕 한국으로의 송환이 결정되어 버렸다.

망명을 했다는 그의 주장도 먹히지 않았다.

"일단 돌아가시면 처벌은 피하기 힘드실 겁니다."

"당신, 변호사라면서요?"

"그래서 말씀드리는 겁니다. 뭐든 아셔야 제대로 대응하지요. 지금 검찰은 우치만 씨의 지문과 유전자 등등 모든 자료를 쥐고 있습니다. 돌아가시면 사형을 피할 수 없게 될 겁니다."

"사, 사형……."

우치만은 얼굴이 사색이 되었다.

물론 사형이 실제로 집행되지는 않는다는 건 알고 있다.

하지만 영원히 감옥에서 나오지 못한다는 것도 안다.

"그래서 제가 지금 급하게 자리를 만든 겁니다."

"뭐라고요?"

"이런 경우에 대응책이 있습니다. 사례가 있기 때문에, 그걸 공략하면 충분히 해결이 가능합니다."

"해결?"

"처벌을 면할 수는 없지만 형량을 확 줄일 수는 있을 겁니다."

우치만은 정신이 번쩍 들었다.

"그게 가능합니까? 어떻게 해야 합니까?"

홍하식은 목소리를 낮췄다.

"지금부터 제가 말씀드리는 계획은 한국에 간 후 고용하실 변호사를 제외하고는 그 누구에게도 비밀로 해야 합니다."

"그래서 내가 뭘 해야 합니까?"

홍하식이 목소리를 낮추자 우치만도 덩달아서 목소리를 낮춰 물었다.

"같이 살인한 다섯 사람에게 죄를 뒤집어씌워야 합니다."

"뭐요? 살인이야 그놈들이 한 게 맞는데……."

"그런 애매한 변명은 소용없습니다. 흉기에서 이미 우치만 씨의 유전자와 지문이 나왔습니다."

"크흠……."

우치만은 입을 다물었다.

그런 상황이라면 바꾸기가 불가능해 보였기 때문이다.

"하지만 강제에 의한 거라고 하면 이야기가 달라지지요."

"강제?"

"과거에 지존파 사건 기억하십니까?"

"지존파? 아, 오래돼서 정확하게는 기억이 안 나는데……."

"그때 살인에 참가했던 여자가 한 명 있었습니다."

"여자가 있었나요?"

"그렇습니다. 다만 그녀는 강제로 살인에 참가한 것이었지요."

정확하게는, 지존파 사건 당시에 참가한 여성은 두 명이었다.

한 명은 술집의 빚을 갚아 주는 조건으로 거의 팔리다시피 들어온 거고, 그녀가 합류한 상황에서는 살인이 벌어지지 않아서 살인의 죄는 인정되지 않아 집행유예를 받았다.

아무리 팔리다시피 했다지만 공범으로 들어간 것은 사실이니까.

나머지 한 명은 납치된 피해자인데, 부려 먹기 위해 그녀를 강제로 살인에 참가시켰다.

일단 죄를 저지르면 이후에는 어쩔 수 없이 같이 움직일 거라 생각했던 것이다.

"그 여자는 처벌을 면했지요."

우치만은 귀를 기울였다.

"지금 상황에서 우치만 씨는 탈출할 방법이 없습니다. 죄가 인정될 수밖에 없지요. 그러면 형량을 줄이는 방법은 하나뿐입니다."

홍하식은 딱 여기까지만 말했지만 우치만은 그가 뭘 이야기하는 것인지 완전히 이해했다.

자신도 그들의 강제로 인해 어쩔 수 없이 살인을 도운 것이라고 하면 정상참작의 여지가 있다는 것이다.

"가능하겠습니까?"

"그건 모릅니다. 그건 제가 아니라 다음 변호사가 해야 할 일입니다."

"으음……."

하지만 이미 우치만은 머릿속으로 가능성을 따지고 있었다.

그러나 이내 그게 다 소용없는 짓이라는 생각이 들었다.

실패하면 자신은 무조건 사형이다.

그나마 그게 성공하면 한 30년 후쯤에는 세상으로 나올 수 있겠지만 말이다.

"잡히기 전에 뉴스를 봐서 아실 겁니다. 이미 떡밥은 충분합니다. 거기에 필요한 건 증언뿐이지요. 일본 놈들이 잔혹하게 보일수록 우치만 씨가 강제로 했다는 증명은 더 쉽게 이루어질 겁니다."

우치만은 눈을 반짝거렸다.

⚖

우치만은 김포공항으로 들어왔다.

홍하식이 별도의 통로를 요구했지만 당연히 검찰은 개무시했고, 그가 나올 때 거기에는 어마어마한 숫자의 기자들이 몰려 있었다.

"우치만 씨, 살인에 참가한 게 사실입니까?"

"식인에 대한 의심을 받고 있는데 식인을 한 게 사실인가요?"

"한국인을 죽이는 일본인들과 함께하면서 양심의 가책은 없었습니까?"

마구 몰려들면서 카메라와 마이크 그리고 녹음기를 들이미는 기자들.

검찰과 공항 경찰은 그들을 밀어내기 위해 노력했다.

"좀 가요!"

"발표는 나중에 검찰청에서 하겠습니다."

어떻게 해서든 차량으로 가려고 하는 그때, 조용히 있던 우치만이 갑자기 입을 열었다.

"저는!"

그 순간 흐르는 침묵.

중요한 말이 나올 거라 생각했기 때문이다.

"저는 어쩔 수가 없었습니다. 그 살인자들은 도와주지 않으면 저를 죽인다고 했습니다. 그들은 한국인을 죽이는 게 사명이라고 했습니다."

"뭐라고요? 사명?"

"사명이라니 뭔 소리야?"

웅성거리는 기자들.

그러나 우치만의 갑작스러운 고백은 끝난 게 아니었다.

"그들은 한국 사람을 죽이고 일본에서 가지고 온 소각용 차량으로 시신을 태웠습니다. 그 전에 시신을 해체하고 그 고기를 먹었습니다."

"미친!"

그동안 돌던 소문이 진실로 드러나자 기자들은 눈이 뒤집혔다.

"그게 사실입니까?"

"그들이 정말 식인을 했단 말입니까?"

"그렇습니다. 그들은 희생자의 살을 제 입으로 밀어 넣으면서, 말을 듣지 않으면 다음 요리 재료는 저라고 협박을 했습니다."

우치만의 발표에 멘붕 하는 기자들.

당황해서 멍하니 서 있던 검찰 직원들은 그제야 우치만을 끌고 다급하게 공항 바깥으로 나갔다.

"저는 억울합니다! 제가 한 살인은 그들의 협박 때문입니다!"

끌려 나가면서도 고래고래 소리를 지르는 우치만.

그리고 마치 썰물 빠지는 것처럼 그를 따라가는 기자들.

그렇게 삽시간에 조용해진 입국장에 누군가가 모습을 드러냈다. 노형진과 오광훈이었다.

"아이고, 아주 개판이네."

"개판이지. 그나저나 우치만 그 새끼는 그 변호사를 네가 보낸 걸 알까?"

"알 리가 있냐?"

노형진은 피식 웃었다.

애초에 홍하식을 보낸 건 노형진이다.

그는 우치만에게 변론할 수 있는 방법을 알려 주라고 했고, 홍하식은 기꺼이 그러겠노라고 했다.

물론 홍하식이 친일파거나 그런 건 아니다.

도리어 그렇게 함으로써 그들에게 제대로 엿을 먹일 수 있기 때문에 그러기로 한 것이다.

"일단 우치만이 식인을 인정한 이상 일본 입장에서는 그들을 보호할 방법이 없지."

우치만의 식인 인정 소식은 빠르게 전 세계로 퍼져 나갈 것이다. 당연하게도, 아무리 돈이 안 되는 건 무시하는 일본이라지만 그들을 놔둘 수는 없다.

법률적으로 증언은 효과를 가진다.

즉, 식인이 증명된 자들을 범행 피해국에 넘기지 않겠다는 것은 사법의 붕괴를 의미하는 것이나 다름없다.

"아마 조만간 그놈들도 여기에 올 거야. 영원히 일본으로는 돌아가지 못하겠지, 후후후."

노형진은 실실 웃으며 말했다.

그러나 어째서인지 오광훈의 얼굴은 어두웠다.

"하지만 말이야, 그래도 문제가 되는 게 있잖아."

"응? 뭐가?"

"저놈이 자기가 협박 때문에 어쩔 수 없이 했다고 말하는데, 그러면 실제로 형량이 줄어드는 건 사실이잖아?"

걱정이 깃든 오광훈의 말에 노형진은 피식 웃었다.

"과연 그럴까?"

"응?"

"이미 우치만은 배신했어. 그러면 일본에서 오는 그놈들이 우치만에게 미안해서 입 꾹 다물고 있겠냐?"

"아하!"

당연히 그들은 우치만에 대해 모조리 까발릴 것이다.

그리고 그걸 조사하면 우치만이 피해자가 아니라 적극적으로 협력한 가해자라는 것이 드러날 것이다.

"우치만도 사형은 못 피해."

"결과적으로 우리 계획대로 되는 거네?"

"우리가 아니라 내 계획이겠지."

그러자 오광훈이 불퉁하게 대꾸했다.

"하여간."

"그래, 하여간. 그렇게 되겠지."

노형진은 껄껄 웃으며 말했다.

⚖

-으아아!

－우리는 영웅이야!

－조센징을 죽이고 온 우리를 환영하지 못할망정!

결국 일본인 범인 다섯도 붙잡혀서 한국으로 가게 되었다.

아무리 무시하려고 해도 식인을 했다는 결정적 증언이 나온 상황에서 일본 정부도 그들을 보호할 방법이 없었다.

결국 질질 끌려가는 범인들의 모습을 텔레비전으로 보던 야베는 그걸 꺼 버렸다.

"병신 같은 놈들."

결국 일본은 이득을 본 게 하나도 없었다.

이미지는 박살 났고 사법 체계는 무시당했다. 심지어 국제적으로 식인종 국가라는 비아냥거림까지 들어야 했다.

물론 시간이 지나면 흐려지고 사라지기야 하겠지만, 야베의 자존심에 난 상처는 치료되지 않았다.

"결국 이번에도 한국의 손아귀에 놀아난 거군."

야베는 이를 빠드득 갈았다.

"이대로 물러나지는 않겠다."

그는 가슴속에서 차가운 비수를 갈면서 분노를 삼켰다.

대통령 자리에 꿀 발라 놨냐?

　노형진은 가능하면 정치와 거리를 두려고 한다.

　그러나 언제나 그러한 희망대로 되는 건 아니다.

　때로는 사건 해결을 위해 정치를 이용해야 할 필요도 있으니까.

　그리고 가끔은 정치권에서 노형진에게 사건을 의뢰하는 사람들도 있기 마련이다.

　"이건 심하군요."

　박기훈의 보좌관은 서류를 가지고 와서 피곤한 얼굴로 말했다.

　"말도 안 되는 소리입니다. 그런데 우리는 그걸 부정하기 바빠요. 제대로 된 공격도 하지 못하고 있습니다."

"뭐, 개싸움은 각오하신 거 아닌가요?"

"각오했지요. 하지만 이건 선을 넘었습니다."

보좌관인 심호섭은 진지하게 말했다.

"검찰에 고발을 했지만 시간만 질질 끄는 게 눈에 훤히 보입니다."

"그러겠지요."

노형진은 이해가 갔다.

박기훈은 극단적 개혁주의자 라인이다.

과거에 개혁 성향의 대통령이 없었던 것은 아니나 그들은 극단보다는 점진적 개혁을 선호했다.

하지만 박기훈은 그 과정에서 피가 흐른다고 해도 극단적 개혁을 해야 한다고 주장하는 사람이었다.

점진적 개혁은 언제나 실패했으니까.

"그래서 이러한 문제가 터진 거군요."

가짜 뉴스. 인터넷을 통해 퍼지는 헛소문.

문제는 그게 그럴듯한 포장을 하고 퍼지기 시작한다는 거다.

심지어 그 주체가 언론사다.

'그러고 보니 원래도 이때부터 문제가 심각해졌지.'

원래 역사에서도 이 시기쯤부터 가짜 뉴스 문제가 심각해졌다.

정확하게 표현하자면, 문제 자체는 오래전부터 인식되었지만 한국이 그걸 방치했다고 하는 게 맞는 말일 것이다.

다른 나라들은 가짜 뉴스에 대한 처벌이 엄중하다.

특히 정치적 가짜 뉴스는 국가의 여론을 호도하고 진실을 감추는 목적이기 때문에 그 처벌을 아주 엄중하게 하고 있다.

싱가포르 같은 경우는 징역 10년 벌금 8억이고, 독일의 경우는 그 사용자에게 책임을 물어서 그 인터넷 사업자가 가짜 뉴스를 발견하고도 스물네 시간 내에 삭제하지 않는 경우 500만 유로, 한화로 64억의 벌금을 내도록 되어 있다.

그만큼 전 세계적으로 가짜 뉴스 문제는 심각하다.

하지만 유독 한국은 그러한 가짜 뉴스에 관대하다.

'뭐, 당연한 거긴 하지만.'

노형진도 때로는 가짜 뉴스를 지능적으로 이용한다.

한국에서 가짜 뉴스를 체계적으로 만들어 공급하는 사람은 누굴까?

그건 다름 아닌 정치인들이다.

그러니 한국 정치인들이 가짜 뉴스를 처벌하는 법을 만들겠다는 생각을 할 리가 없다.

"하지만 이번에는 선을 넘었습니다."

박기훈에 대한 가짜 뉴스는 심각했다.

그가 빨갱이라는 흔한 말부터, 북한의 지령을 받고 있다느니, 일본의 사주를 받은 스파이라느니, 심지어는 러시아의 지령을 받고 한국을 전복하려 한다는 것도 있다.

사실 이런 건 지극히 정치적인 워딩이고, 선거철이 되면 안 나오면 이상한 말이기 때문에 이해라도 한다.

"저희 박기훈 의원님이 납치 강간을 했다는 글까지 나옵니다."

납치 강간한 후 피해자를 매장했다는 글까지 나오는 게 현실이다.

더 웃긴 건 피해자가 누군지 그리고 어디서 어떻게 했는지는 없다.

그냥 박기훈이 납치 강간을 한 살인범이라는 식이다.

"일부 여자들은 이 건에 대해 해명하라고 따지고 드는데……."

"없는 사건을 어떻게 해명하라는 거죠?"

"제 말이 그겁니다."

심호섭은 짜증 난다는 목소리로 말했다.

현실적으로 피해자도 없고 증인도 없고 증거도 없는데 사건이 드러난다는 건 불가능하다.

그런데 그게 진실인 것처럼, 인터넷에서는 박기훈을 때려죽일 인간으로 표현하고 있다.

"그나마 그런 건 아예 항변할 가치조차 없으니 그렇다고 쳐도, 정치적으로 예민한 부분이나 설명하기 애매한 부분에 대해서는 대책이 안 섭니다."

가령 박기훈의 공약 중 하나로 죄수들의 생활비를 국민들의 세금으로 낼 수는 없으니 죄수들을 노역시켜서 그 임금으로 충당하겠다는 계획이 있다.

현실적으로 대부분의 사람들은 거기에 찬성한다.

자기 세금으로 살인범들에게 밥 주고 싶은 사람은 없으니까.

그런데 인권 단체에서는 그 문제를 물고 늘어지며 박기훈이 인간 차별주의자라고 주장하고 있다.

"얼마 전에는 무지개클럽에서 연락이 왔습니다. 자신들에 대한 지지를 공개적으로 천명하라고요."

"뭔 개소리랍니까?"

"미안하지만 그건 불가능한 일입니다."

당연하다. 무지개클럽은 한국을 대표하는 동성애자 모임이다.

인권을 중심으로 생각한다면 당연히 지지를 표명하는 게 맞겠지만, 보수적인 한국에서 그들에 대한 지지를 대놓고 천명하면 보수적인 표들, 특히 기독교 쪽 표는 다 버리는 거라고 봐야 한다.

대통령 선거는 철저하게 계획적으로 움직여야 한다.

누군가의 지지를 받으면 누군가의 적대를 받을 수밖에 없는 게 현실이니, 지지층을 잘 선택해야 결국 승리자가 될 수 있다.

한 표 한 표가 절실한 상황에서 수적으로 열세인 동성애자들에게 지지를 얻으려는 위험한 행동은 할 수가 없다.

"그랬더니 저희보고 동성애자 혐오랍니다."

"공식적인 의견은요?"

"비슷하죠. 자기들끼리 뭘 하든 우리는 상관없습니다만……."

사실 세상 사람들 대부분이 그렇다.

동성애자들이 연애를 하든 결혼을 하든, 자기들만 건드리지 않으면 된다는 거다.

"대부분의 소문이 이런 식입니다. 우리가 해 달라는 걸 해주지 않으면 무조건 혐오라고 합니다. 심지어 노동계도 마찬가지고요."

"그럴 만하죠."

수년간 노동계는 입을 닥치고 있었다.

홍안수가 보복할 걸 알고 있었기 때문이다.

그러다가 홍안수가 물러나자마자 노동운동을 탄압한다면서 정권을 욕해 댄다. 공식적으로 지금 어떠한 정권도 없다는 걸 잊어버린 것처럼.

"쩝……."

노형진은 입맛을 다셨다.

대충 상황이 이해가 갔기 때문이다.

"왜 이런 일이 벌어지는지는 아십니까?"

"글쎄요, 잘 모르겠습니다."

심호섭의 말에 노형진은 한숨이 절로 나왔다.

'이 정도는 분석해야 하는 거 아냐?'

그런데 정치인들은 정작 이 정도 분석도 못한다.

정확히는 개혁주의자들의 함정이라고 해야 할까?

분석 능력이 좋은 자들은 정권에 붙어서 꿀 빨려고 하기 때문에 개혁 성향이 좀 덜한 게 사실이다.

"뭐, 대놓고 말씀드리자면 이번 대선에서는 결국 개가 나와도 민주수호당에서 대통령이 나오겠지요. 안 그런가요?"

"맞습니다."

"그리고 민주수호당은 필연적으로 시작 단계에서 국민들에게 약하게 보일 수밖에 없습니다."

지지가 약해서?

아니다.

국민들은 홍안수에게 피해를 입은 피해자들이다.

그렇다 보니 강한 압력을 행사하는 건 국민들에게 자칫 홍안수의 모습과 겹쳐 비칠 수 있다.

"그러니까 초반에 뭐라도 좀 뜯어먹겠다, 이런 겁니다."

"말도 안 됩니다. 뭘 뜯어먹어요? 지금 똥 치울 게 한가득인데."

"현실이란 그런 겁니다. 저들에게는 그동안 쌓인 적폐를 고치고 바른 나라로 바꾸는 게 중요한 게 아닙니다. 도리어 그 쌓인 적폐를 자기들이 먹고 싶은 거죠."

세상을 바른 나라로 바꾸고 싶은 게 아니라, 그저 정권이 바뀌었으니 자기들이 권력자가 되고 싶은 것뿐이다.

"기존 권력층에야 덤비면 의문사하는 게 일상이었으니 못 덤볐지만, 이번 정권은 그렇게 하지 못할 게 뻔하니 덤벼 볼 만하다 이거거든요."

"후우."

"더군다나 가짜 뉴스에 통달한 게 바로 자유신민당 아닙니까?"

어차피 정권을 빼앗길 수밖에 없는 자유신민당이지만, 장기적으로 권력을 되찾아 올 생각을 하지 않을 리가 없다.

"당연히 새로 시작되는 정권에 최대한 피해를 입혀 놔야 나중에 정권을 찾기 쉽지요. 그것뿐만이 아닙니다. 현실적으로 한국에서 가장 개혁해야 할 대상이 뭐라고 생각합니까?"

"당연히 검찰과 경찰, 법원, 국회 그리고 언론이지요."

"맞습니다. 그놈들이 가만히 당하고만 있을 거라고 생각하시는 건 아니죠?"

"……."

"이건 선과 악의 문제가 아닙니다. 이 세상에 기득권을 웃으며 내놓는 사람은 없습니다. 그들의 기득권을 빼앗기 위해서는 그들의 피를 흘리게 하는 것은 물론, 우리도 피를 흘릴 각오를 해야 합니다."

"하아, 각오는 하고 있습니다만."

"각오하는 것과 대책을 세우는 것은 전혀 다르지요. 그리고 저도 뉴스를 많이 보고 있습니다만, 가짜 뉴스가 주로 박기훈 씨에게 향하고 있지요. 이유는 아십니까?"

"대충은요."

박기훈은 극단적 개혁주의자다.

당연히 기존 세력의 공격을 많이 받을 수밖에 없다.

공신아 같은 경우는 사실 대선 레이스를 하고 있기는 하지만 유약한 모습에 사람들이 그다지 큰 기대를 하지 않고 있다.

사람들이 시기마다 원하는 대통령의 상은 다르다.

지금 원하는 건 수년간 자신들을 지배한 친일파를 지워 버릴, 리더십이 강한 스타일이다.

"하지만 공신아 의원은 성군은 될 수 있을지언정 폭군은 못 됩니다."

그렇다 보니 지지율에서 3위를 달리고 있다.

비등한 것은 조공수와 박기훈이다.

"박기훈 씨는 지난번 사건 이후에 인기와 지지도가 확 올랐지요."

노형진에게 부탁받아서 했던, 의전 받으려고 정치하는 거라면 돌아다니지도 말라는 말은 사람들에게 호감을 불러일으켰고 그 덕에 그의 지지율은 확 올라갔다.

그리고 그런 그의 말 이후에 제대로 수사한 검찰이 일본으로 도피한 놈들을 잡아 오는 데 성공하면서 지지율은 더더욱 올라갔다.

"그 전에는 조공수가 1위였지요."

전형적인 정치인인 조공수는 위협을 느꼈고, 당연히 대응책을 찾기 시작했다.

"그 과정에서 그가 공존을 입에 담기 시작했고요."

말이 공존이지, 정치인들이 그게 뭔 소리인지 모르지는 않는다.

쉽게 말해서, 조공수는 자신이 대통령이 되면 극우 세력을 건드리지 않을 테니까 자신에게 힘을 실어 달라고 요구한 것이다.

실제로 그러한 정책을 내놓자 조공수에 대한 자칭 보수층에서의 지지도가 높아졌고, 일부는 누구도 생각하지 않는 홍안수의 사면을 주장하기도 했다.

"미친 새끼죠. 그 안에 얼마나 많은 친일파가 숨어 있는데."

"그러니까요. 진보 쪽에도 숨어 있는 친일파가 거기라고 없겠습니까?"

즉, 조공수는 자신이 대통령이 되고 권력을 잡기 위해서라면 친일파 세력과도 손잡을 의사가 있다는 걸 간접적으로 표현한 것이다.

"그리고 그 이후에 박기훈의 가짜 뉴스가 어마어마하게 늘었고요."

웃긴 일이지만 그게 현실이다.

여전히 친일파가 사회 곳곳에 숨어서 발악하고 있었고, 그 때문에라도 선거는 혼전 양상이었다.

"그래서 제가 노 변호사님을 찾아온 겁니다. 그 가짜 뉴스에 대한 해결책을 찾기 위해서요."

당장 선거는 코앞이다.

한국의 법률상 대통령이 탄핵되면 60일 이내에 새로운 대통령을 뽑는 선거를 해야 한다.

그게 코앞으로 다가왔는데 이 가짜 뉴스들을 가지고 고소한다?

아마 그 결과는 당연히 선거가 끝난 다음에나 나올 것이다.

무조건 그렇게 된다.

"아마 검찰에서는 간을 보겠지요."

선거에서 조공수가 이기면 당연히 그러한 가짜 뉴스들을 유포한 자들은 무죄가 되고, 박기훈이 이기면 반대로 그들은 유죄가 될 것이다.

"하지만 가짜 뉴스 때문에 지지율이 심각하게 떨어지고 있습니다. 가짜 뉴스도 적당히 해야지요."

"무슨 말씀인지 알겠습니다만 그게 쉽지는 않습니다. 이런 가짜 뉴스들은 개인적 통신 라인을 통해 퍼지는 경향이 심하거든요."

대표적인 예가 박기훈의 룸살롱 출입설이다.

박기훈이 룸살롱을 하루가 멀다 하고 다니며 룸살롱에서 하루에 수백만 원씩 쓴다는 것이다.

물론 증거는 없다.

하지만 박기훈을 싫어하는 자들 사이에서는 이미 거의 정설로 돌아다니고 있다.

"이게 뉴스로는 안 나가지요. 하지만 SNS를 통해 미친 듯이 퍼진단 말입니다. 이놈들이 뭐라고 해도 말을 안 들어 처먹으니까."

현실적으로 SNS를 검열할 방법은 없으니 퍼지는 것도 막을 수가 없다.

"후우, 쉬운 일은 아닙니다."

과거에는 뉴스라는 것은 공개된 매체, 즉 신문이나 방송 등을 통해 퍼졌다.

그 이후에 인터넷이 생겼어도, 블로그 또는 인터넷 카페 등을 통해 퍼졌다.

그때까지는 지금처럼 문제가 되지 않았다.

왜냐? 어찌 되었건 그 모두가 다 공개된 곳들이었기 때문이다.

카페 같은 경우는 종종 폐쇄적인 곳도 있긴 했지만 가입이 어려운 것도 아니었고, 수사에 들어가면 그 관리 주체인 기업에 자료를 요청할 수도 있었다.

"하지만 SNS는 문제가 많지요."

현실적으로 그런 소셜 네트워크 서비스는 폐쇄성을 기본으로 가지고 있다.

그렇다 보니 인지하지 못하는 상황에서 그걸 수사하거나 잡는 것은 절대로 쉬운 일이 아니다.

그렇다고 해서 마냥 방치할 수도 없는 노릇이고.

"저희에게도 불가능한 일 같은데요."

노형진은 씁쓸하게 웃었다.

수사 권한을 가진 경찰이나 검찰도 해결 못하는 가짜 뉴스를 변호사가 어떻게 해결한단 말인가?

　"돈은 얼마나 들어도 좋습니다. 어찌 되었건 유력 대선 주자니까요."

　적지 않은 후원금이 들어왔을 테니까 그걸 쓰겠다는 거다.

　그리고 후원금은 불법이 아니니 법률적 변호사 선임 비용으로 사용하는 건 문제가 되지 않는다.

　"일단 논의해 보겠습니다만……."

　노형진은 의뢰가 들어온 이상 피할 생각은 없었다.

　하지만 한 가지는 확실했다.

　절대로 쉬운 사건은 아니라는 것.

⚖️

　"인터넷상의 가짜 뉴스? 그거 힘들 텐데요?"

　민시아 변호사는 노형진의 말에 걱정스럽게 말했다.

　그녀는 오래 쉬었지만 그래도 그 덕에 집에서 인터넷 여론 같은 걸 접할 기회가 많아 이번 회의에 참석한 것이다.

　그녀의 경험이 절대적으로 필요했으니까.

　"집에 있을 때는 아무래도 할 수 있는 게 한정되지요. 그래서 인터넷을 자주 뒤져 보게 돼요."

　아이를 보는 주부들이 할 수 있는 일은 한정되어 있다.

특히 아이가 어리면 어딜 갈 수 있는 것도 아니니까.

"경력 단절이 괜히 생긴 말이 아니지."

아이가 생기면 못해도 3년에서 4년 이상 경력이 끊어지고, 둘째라도 생기면 6년은 각오해야 하는 게 현실이니까.

"그렇다 보니 인터넷을 많이 보는데, 쓸 만한 정보도 많지만 별 거지 같은 정보도 다 있어요."

"별 거지 같은 정보요?"

"네. 제가 없는 사이에 맘카페 사건도 몇 번 해결하셨더라고요."

"아! 그렇죠. 그것도 일종의 가짜 뉴스이기는 하지요."

자신의 마음에 들지 않는다고, 또는 자신의 부당한 요구를 들어주지 않는다고 허위 사실을 유포해서 망하게 하는 경우는 많다.

실제로 수원에서는 모 기자가 자신의 부당한 요구를 거절했다는 이유로 수십 년간 영업하던 결혼 전문 업체를 음해하여 결국 망하게 한 사건도 있었다.

"가짜 뉴스라……. 하긴 그런 문제가 심각하지."

"결론적으로 말하면 사회 상당수의 문제의 근본은 가짜 뉴스일 수도 있겠군요."

무태식은 진지하게 말했다.

그의 머릿속에도 가짜 뉴스로 구분될 수 있는 여러 가지 정보가 떠올랐다.

당장 가짜 뉴스라는 명제만으로도 분류되는 사건은 어마어마했다.

"확실히 그럴 겁니다. 기본적으로 가짜 뉴스의 목적은 혐오이니까요."

가짜 뉴스를 만들어서 퍼트리는 자들의 목적은 상대방에게 피해를 주는 것이다. 당연히 그건 혐오다.

"성차별 같은 것도 결국은 가짜 뉴스니까."

성차별이라고 하면 가장 먼저 나오는 이야기가 동일노동 동일임금의 원칙이다.

많은 여성 단체에서, 한국에서는 같은 일을 해도 남자들이 여자들보다 돈을 더 많이 받아 간다고 주장한다.

그런데 그건 가짜 뉴스다.

왜냐? 그들은 그 과정에서 직급만을 따지기 때문이다.

동일한 대리급이라고 하면 그것으로 끝, 실제로 야근을 얼마나 했는지, 출장 수당이 있거나 하진 않은지 살펴보고 인정하는 행위 등은 전혀 없다.

현실적으로 야근하는 남성의 비율이 더 높은 게 사실이고, 출장의 경우도 남자가 더 많이 가는 게 사실이다.

당연히 각종 수당이 붙는데, 그걸 여성 단체는 인정하지 않고 호도를 한다.

그나마 직급이라도 동일하게 따지면 공평한 거다.

아예 총수입을 남녀 성별로 나눠서 따지는 곳도 있다.

어떤 기업에 백 명의 직원과 한 명의 사장이 있다고 치자.

직원의 절반은 남자, 절반은 여자이며 월급은 1인당 200만 원이다.

사장은 남자이며, 그가 가지고 가는 돈은 월 2천만 원.

일견하면 이 기업은 실질적으로 남녀평등을 제대로 시행하고 있다.

그런데 그걸 제대로 구분하지 않고 그냥 묶어서 계산해 버리면 여자는 월 200만 원의 월급이 나오지만 남자의 경우는 평균 월급이 240만 원 정도 된다.

사장이 남자고, 그를 포함한 남자의 월급을 가지고 평균을 내 버렸으니까.

결과적으로 이 기업은 성 평등을 가장 확실하게 이룩해 내고도 졸지에 성차별 기업이 되어 버리는 거다.

"이런 혐오가 심각해지기는 했지. 요즘은 뼈로 와닿더군."

김성식은 진지한 표정으로 말했다.

"맞아요. 유독 요즘은 가짜 뉴스를 퍼트리는 데에 주저함이 없어요."

"처벌이 힘들다는 걸 아니까요."

그러니 자신들의 이익을 위해 남에게 죄를 뒤집어씌우는 것이다.

"문제는 이걸 해결할 수 있는 게 명예훼손과 허위 사실 유포뿐이라는 거거든."

"자유신민당은 그마저도 없애려고 발악하고 있죠."

정치적으로 상대방에게 프레임을 뒤집어씌워야 하는데 그러한 죄목은 아무래도 부담이 된다.

그로 인해 처벌을 받으면 선거권이 박탈되기 때문이다.

"말로는 다른 나라에는 그런 게 없다고 하지만……."

"그건 개소리지."

나라마다 법이 다를 수밖에 없다. 상황이 다르니까.

다른 나라에서는 분명 이런 명예훼손이나 허위 사실 유포를 형사로 처벌하지 않을지도 모른다.

그러나 그런 나라들은 민사의 영역에 들어가며, 민사에 들어가면 그 처벌 금액이 억 단위는 가뿐하게 넘어갈 정도로 강력한 배상을 하게 한다.

"한국에서도 똑같은 소리를 했지요."

한국에서 불륜을 처벌하는 죄목이었던 간통죄가 사라질 때 법원이 했던 말은, 민사의 영역으로 가서 손해배상을 제대로 후려치면 된다는 것이었다.

그러나 현실은?

간통을 해서 민사를 넣어도 배상금은 바닥을 기어 다닌다.

그렇다 보니 요즘은 간통을 아주 당연하게 하는 사람들이 널렸다.

걸려 봐야 배상액이 얼마 되지도 않으니까.

"특히 요즘은 아예 가짜 뉴스를 퍼트리는 작업을 하는 것 같더라고요."

민시아는 뭔가를 꺼내서 다른 사람들에게 보여 줬다.

그건 그녀의 핸드폰이었다.

"보다시피 원래 이 단톡방은 엄마들이 육아 정보를 공유하는 공간이었어요. 그런데 이걸 보세요."

충격. 박기훈 룸살롱 출입 사진 증거 확보

해당 룸살롱은 하루에 수백만 원씩 하는 최고급 룸살롱으로 박기훈은 거의 매일 이곳에 드나든다고 하네요. 보다시피 사진도 나왔고요. 이런 사람에게 우리 애들의 미래를 맡길 수는 없지 않겠어요?

그렇게 되어 있는 메시지.

그리고 함께 올라온 사진 한 장.

"이건 뭡니까?"

"요 근래에 갑자기 퍼지기 시작하는 글이에요. 어떻게 들어왔는지 모르지만, 자꾸 이런 걸 단톡방에 올리더라고요."

"원래 있던 사람인가요?"

"네. 원래 성향이 극우 쪽 사람이기는 한데, 아무래도 다른 사람이 보내 준 걸 자꾸 올리는 것 같아요."

이게 바로 가짜 뉴스의 전형적인 모습이다.

같은 파벌의 사람들이 마구 떠들며 주변에 마구 뿌리는 것.

"말도 안 되는군."

김성식은 어이가 없다는 듯 피식 웃었다.

사진이 있기는 하다. 하지만 멀리서 뒤통수만 찍은 것뿐이다.

대부분의 남자들의 머리 모양은 비슷하다.

특히 정치인들은 머리 모양이 너무 튈 수가 없다.

뒤통수만 보면 박기훈이 아니라 홍안수라고 해도 구분을
못한다.

더군다나 수백만 원짜리 술집을 매일 다닌다?

일단 그런 가격의 술집이 없는 것은 아니다.

하지만 그는 정치인이다.

그런 그가 매일같이 수백만 원짜리 술집에 간다면 기자들
이 지금까지 그냥 두고 보겠는가?

"전형적인 가짜 뉴스군."

"이런 식으로 퍼지는 걸 어떻게 막을지, 솔직히 저는 모르
겠네요."

한두 건 정도는 고소할 수 있을 것이다.

하지만 이런 게 수백 수천 건이다.

모두 다 추적하는 건 불가능하며, 설사 한다고 해도 위험
하다.

"투표라는 게 문제란 말이지요."

연예인 때는 볼 것도 없이 고소했다.

그들이 팬으로 돌아올 가능성도 없거니와, 그들에게는 아
무 권리도 없기 때문이다.

하지만 투표권을 가진 국민들을 무차별적으로 고소하고 고발하면 선거에서 좋은 영향을 받기는 힘들다.

대통령이 된 후라면 모를까, 되기 전이라면 이를 박박 갈면서 참는 수밖에 없다.

"뭐, 박기훈이라면 대통령이 되는 순간부터 고소 고발을 진행하겠지만."

"박기훈에 대해 잘 아시나 보군요."

"그 인간, 의지도 좋고 생각도 좋은데 좀 극단적인 성향이 있어서 말이지."

지금까지 국가원수를 모독했다고 해서 고소와 고발을 진행한 대통령은 독재 기간 말고는 없다.

"하지만 그 인간은 하고 말 거야. 사실 한국에 자유가 너무 과한 것도 사실이고."

"자유가 아니라 방종이죠."

자유는 자신의 사상과 신념을 가지고 상대방을 비판할 수 있는 것을 말한다.

정권의 눈치를 보지 않고 잘못된 건 잘못되었다고 하는 게 바로 자유다.

하지만 지금 대한민국에 퍼진 것은 자유가 아니라 방종이다.

그들은 자유라 주장하지만, 가짜 뉴스를 만들어서 뿌리는 순간부터 그건 자유가 아니라 방종이다.

"고소도 하지 않고 이 문제를 해결하라니, 그게 가능할까요?"

민시아는 부정적인 표정이었다.

상식적으로 이건 고소해도 해결이 쉽지 않다.

"아마 고소해도 상황은 별반 바뀌지 않을 겁니다."

이건 정치적 사건이기에 그런 경우 고소당한 당사자는 자신의 잘못을 뉘우치는 게 아니라 자신을 정치적인 순교자로 생각하는 성향이 강하다.

"실제로 모 정치인이 자신에게 불리한 이야기를 하는 사람들 수백 명을 고소했지요."

물론 당시 그 사건은 그 정치인의 잘못이 맞았지만 그는 다음 선거에서 그 말이 도는 걸 막아야 했고, 판사에게 로비해 가면서 그 말을 한 사람들을 무차별적으로 고소했다.

"하지만 그 당시 사람들은 그에게 사과를 하느니 그냥 벌금을 내고 말았습니다. 그건 자신의 잘못이 아니라 정치적 순교라고 생각한 거죠."

"하지만 이건 그게 아니잖아요? 애초에 그들이 퍼트리는 것 자체가 가짜이고 거짓말인데."

"그건 상관없죠. 믿고 싶은 것만 믿는 게 인간이니까요."

그들은 그게 진실이라고 믿는다.

그러니 그들이 정치적인 순교자가 되는 건 당연한 일이다.

"고소도 없이 해결하라면서 변호사는 왜 찾는 거랍니까?"

무태식은 툴툴거렸다.

"그쪽은 고소해도 상관없다고 했습니다만, 전에도 말씀드렸다시피 변호사는 의뢰인의 이득을 위해 최선을 다하는 존재여야 합니다. 그 과정에서 고소하지 않고 해결할 수 있다면 그리해야지요."

물론 그게 쉽지는 않은 일이지만 말이다.

"그렇다고 해도 현 상황에서 마땅히 해결할 방법이 보이지는 않는데, 역시 방송에 나와서 해명해야 할까?"

"아니요. 그것도 소용없습니다. 그런 사례야 몇 번이나 있지 않았습니까?"

모 정치인 아들의 군 면제 사유가 문제가 되었을 때, 반대파는 그 아들이 불법적으로 군대에 가지 않는 거라고 몰아붙였다.

결국 그 정치인의 아들은 두 번이나 검진을 받아 가면서 면제 사유가 있다는 걸 증명했지만 반대파는 끝까지 고소와 고발을 이어 가면서 불법이라 주장했다.

"결국 안 믿는다 이건가?"

"그렇습니다. 그리고 그 방송을 모든 사람들이 다 찾아보는 건 아니지 않습니까?"

그들이 노리는 건 사정을 모르는 대다수다.

그 방송을 본 사람들이야 괜찮겠지만, 그렇지 않은 사람들은 계속 의심할 수밖에 없으니까.

"더군다나 공중파 방송국에서 개인의 변명을 하는 것은 실질적으로 좋은 일은 아닙니다. 아마도 불가능할 겁니다."

그러면 남은 건 대룡의 인터넷 방송국이다.

실제로 사건에 대해 자신의 입장을 발표하는 프로그램도 있기는 하다.

부정기적으로 하기는 하지만 말이다.

"문제는 인터넷 방송국인 이상 결국 그걸 보는 사람들은 젊은이들이라는 거지요. 시청률도 떨어질 테고요."

"확실히 지금의 가짜 뉴스는 나이가 많은 사람들을 대상으로 퍼지고 있으니 효과가 거의 없겠군."

김성식은 고민스러운 듯 말했다.

현실적으로 지금 문제가 되는 건 노년층이다.

사실 가짜 뉴스는 인터넷을 조금만 찾아보면 쉽게 알아낼 수 있다.

"하지만 그들이 노리는 건 인터넷을 접하기 힘든 사람들이니까요."

그들은 절대 20대의 젊은 남녀를 노리지 않는다. 젊은이들은 사건이 터지면 인터넷을 뒤져서 팩트를 찾아내니까.

그러나 인터넷은 하지만 검색이나 확인에 익숙하지 않은 노년층, 또는 민시아처럼 아이를 키우느라고 검색을 할 시간이 충분하지 않은 사람들을 노리며 가짜 뉴스를 만들어 낸다.

그런 사람들이 인터넷 방송을 볼 것 같지는 않다.

"투표까지 앞으로 얼마나 남았지요?"

"3주 남았네."

"시간이 촉박하네요."

3주라면 아무리 서두른다고 해도 고소나 고발로는 절대 해결하지 못한다.

"결국 극단적 방법을 써야겠네요."

"어떤 거 말인가?"

"공포를 감염시키는 거지요."

"공포?"

"네. 전 재산을 지킬 것이냐 아니면 신념을 택할 것이냐의 문제가 될 겁니다. 후후후."

⚖

노형진은 일단 적당한 사이트를 하나 만들었다.

사이트 하나를 만드는 건 그다지 어려운 일이 아니었고, 그는 그곳에 가짜 뉴스를 퍼트리는 곳에서 좋아할 만한 가짜 뉴스들을 찾아서 마치 기사처럼 올려놨다.

당연히 그 사이트는 적당히 무슨 언론사처럼 꾸며 놨다.

누군가 보면 군소 규모의 언론사처럼 착각할 정도였다.

"이게 효과가 있을까요?"

심호섭은 떨떠름한 표정이 되었다.

그럴 수밖에 없는 게, 결과적으로 자기들이 가짜 뉴스를 모은 꼴이 되었기 때문이다.

이것이 법이다

"효과가 있을 겁니다. 최단시간 내에 효과를 보려면 이 방법뿐이네요."

"하아, 우리가 이런 걸 퍼트리게 될 줄은 몰랐네."

"임시방편이기는 하지만 일단 이번 선거에서는 그 가짜 뉴스들을 막을 수 있을 겁니다. 물론 그 이후에 가짜 뉴스를 막는 건 대통령이 된 박기훈 씨의 책임입니다. 물론 당선된다면 말이지요."

"치가 떨려서라도 막아야지요."

우라까이의 경우 노형진이 그 책임을 묻는 소송을 하기 시작하자 사라졌지만, 이 가짜 뉴스는 진짜 언론사를 통하는 것도 아니기에 통제하는 게 쉽지 않았다.

"바로 작업을 시작하지요. 시간이 없습니다."

노형진의 말에 심호섭은 살짝 눈을 찡그리면서 엔터 키를 눌렀다.

그러자 프로그램이 작동되었다.

이제 본격적인 공격이 시작될 터였다.

⚖

가짜 뉴스는 보통 링크를 가지고 움직인다.

가짜 뉴스에 공들이는 놈들은 뉴스를 만들 때 대충 글로만 만들지 않는다.

적당한 사진과 누군지도 모르는 기자 이름을 넣고 거기에다가 존재하지도 않는 이메일까지 첨부하여 마치 진짜 기사처럼 만들어 둔다.

"이거 보세요. 우리가 한 걸 싹 정리해 둔 사이트가 있네."

조공수의 비밀 작업 팀에서는 생각지도 못한 사이트를 보고는 눈을 반짝였다.

"우리가 한 작업뿐만 아니라 조금만 의혹이 있어도 다 올려놨네. 이거 운영하는 거 어디야? 3팀? 4팀?"

"우리 쪽 운영 팀이 아닌 것 같은데요."

"우리 말고 다른 곳에서도 운영하나? 자유신민당 쪽이야?"

책임자는 고개를 갸웃했다.

딱 봐도 제법 공을 들여 만든 곳이었으니까.

"그럴지도 모르지요. 사실 박기훈이 대통령 되면 죽을 인간이 어디 한두 명입니까?"

"그건 그래."

그는 모든 곳을 개혁하겠다고 주장하고 있다.

언론사부터 검찰, 경찰, 법원, 심지어 청와대 내부까지 다 자르겠다는 거다.

심지어 대통령이 된 후에 장관 후보도 정치인들에게서 추천받지 않고 국민들에게 추천받겠다면서 개혁 의지를 태우고 있어서, 민주수호당 내부에서도 그를 극도로 싫어하는 정치인들이 많다.

그들도 개혁 대상이니까.

"그나저나 이거 쓸 만한 것 같은데 우리가 운영하죠."

"넘겨받자고?"

"아니요. 그게 아니라 링크를 우리가 쓰자고요. 우리가 쓰는 링크들이 솔직히 부실하잖아요?"

"아무래도 좀 그런 건 있지."

일단 돈이 없어서 부실하게 만든 것도 사실이고, 수사가 들어오면 그 사이트를 만든 사람에 대한 추적이 들어올 테니 그것도 부담스러운 것이 사실이다.

조공수가 이긴다면야 흐지부지되겠지만, 박기훈이 이길 경우 그 미친놈의 성질머리를 생각하면 인생 조지는 건 당연한 수순이 될 테니까.

"이거 우리가 링크 따서 뿌리면 우리한테는 안 오니까 링크를 이걸로 바꾸죠."

"오케이. 좋은 생각이네."

팀장은 고개를 끄덕거렸다.

"다른 팀에도 말해서 이쪽에서 뿌리라고 해. 추적 끊어 내기에 딱 적당하네. 이거 운영하는 놈이 누군지 모르겠지만 여차하면 손절하기 딱이야."

"그렇지요?"

서로를 마주 보며 키득거리는 팀장과 팀원.

그들은 재빠르게 그 사이트의 링크를 퍼트리기 시작했다.

나도 낚시할 줄 아는데

"미치겠네."

심호섭은 늘어나는 트래픽을 보면서 심장이 벌렁벌렁했다.

그럴 수밖에 없는 게, 단순히 박기훈의 뒷담화 수준의 사이트임에도 불구하고 찾아오는 사람들의 숫자가 어마어마했기 때문이다.

처음에는 몇천이더니 어느 순간 트래픽이 미친 듯이 올라가서 다급하게 서버를 증설해야 할 수준이었다.

"트래픽으로 보면 시간당 한 4만에서 5만쯤 오는 것 같군요."

"생각보다 가짜 뉴스를 보는 사람이 많네요."

시간당 4~5만이라고 하면 절대 적은 게 아니다.

이 사이트는 오로지 박기훈의 정보만 모아 둔, 그것도 나쁜 뉴스만 모아 둔 사이트다.

즉, 제대로 된 즐길 거리가 없다는 소리다.

하나씩 다 꼼꼼하게 읽어도 보는 데 한 시간이 안 걸리는데 그게 지속적으로 한 시간당 4~5만을 유지한다는 것은 그 파급력이 어마어마하다는 뜻이다.

물론 전에 왔던 사람들이 나중에 다시 들어온다거나 하는 것도 많겠지만, 그래도 새로 들어오는 사람들의 숫자 또한 상당할 게 분명했다.

"제 예상대로 그쪽이 여기를 제대로 문 것 같군요."

노형진은 이 짓거리를 하는 놈들이 누군지 모른다.

다만 심호섭의 말에 따르면 조공수나 자유신민당 쪽에서 하는 것일 가능성이 높다.

중요한 것은 이런 작업은 절대 일반인이 하는 건 아니라는 거다. 자기 생업도 바빠 죽겠는데 다른 정치인들을 뒷조사하고 포샵 해서 없는 일까지 만들어 가면서까지 누가 그렇게 매달리겠는가?

정상적인 사람이라면 그런 일을 할 수가 없다.

"하여간 멍청한 놈들이라니까."

노형진은 고개를 절레절레 흔들었다.

그가 이 사이트를 만든 게 그들을 낚기 위해서이기는 하다. 하지만 이렇게 너무 잘 낚여 버리니 어이가 없을 정도다.

"그나저나 이 정도 되었다면 이제 시간은 충분히 지난 것 같지요?"

노형진은 힐끔 시계를 보았다.

너무 촉박하게 끝내도 문제가 된다.

현실적으로 그랬다가는 상황을 바꿀 시간이 없게 되니까.

"자, 그러면 우리 가짜를 좋아하는 분들에게 진짜 가짜가 뭔지 보여 드리자고요."

노형진은 빙긋 웃으며 말했다.

⚖️

"응? 뭐야, 이거?"

조창후는 평소처럼 친구들과 수다를 떨기 위해 톡을 열었다.

거기서 박기훈과 민주수호당을 빨갱이라며 욕하는 것이 그의 취미였다.

그런데 그런 그의 핸드폰 화면에 이상한 게 떠오른 것이다.

"이게 뭐지?"

화면을 툭툭 터치하면서 갑자기 생긴 창을 없애려고 했지만 그건 사라지지 않았다.

"어……?"

물론 창이 있는 것은 문제가 안 된다.

문제는 거기에 떠 있는 글이었다.

당신의 핸드폰은 해킹되었습니다. 당신의 계좌와 비밀번호 그리고 사진과 모든 비밀은 우리가 가지고 있습니다. 우리가 보낸 계좌로 500만 원을 보내지 않으면 그 비밀을 모두 인터넷에 공개하고 가족들에게 발신하겠습니다. 또한 당신 계좌에서 전액을 인출하겠습니다.

거기에 쓰인 말에 조창후는 심장이 벌렁거렸다.

"이…… 이거 대체 뭐야?"

그리고 그가 그걸 확인한 후 정확히 10분 뒤에 그 창은 사라졌다.

그는 다급하게 톡으로 들어가서 친구들이 있는 방으로 갔다.

그곳에서는 심각한 이야기가 진행 중이었다.

-방금 협박하는 창 본 사람?

-너도?

-나도 협박받음.

-이거 뭐야? 무슨 소리야? 돈 500만 원을 내놓으라니?

-장난해?

-이거 뭐야?

다급하게 글을 쓰는 사람들.

조창후는 거기에 대고 다급하게 말했다.

–우리 진짜 해킹당한 거야?
–해킹?
–그래, 해킹. 그게 아니라면 이런 말이 나올 수가 없잖아!
–어떤 놈이 우리를 해킹해?

다들 멘붕이 오기 시작했다.

하지만 이미 화면은 사라졌고 남은 거라고는 문자로 온 계좌 번호 하나뿐이다.

–이거 일단 신고해야 하는 거 아녀?
–그럴 것 같지?
–그런데 피해도 없는데 신고를 받아 주나?

다들 웅성거리면서 어쩔 줄 몰라 했고, 결국 그날은 그렇게 흐지부지 끝나는 줄 알았다. 하지만 그다음 날 새롭게 날아온 링크는 그들에게 충격을 안겨 줬다.

–허미, 큰일 났네! 큰일 났어! 이거 봐 봐!
–뭔데?
–무시하고 돈 안 줬는데 계좌가 다 털려서 전 재산을 도둑맞았대!

-뭐?
-이 링크를 봐 봐.

갑작스러운 뉴스에 다들 심장이 덜컥 내려앉았다.
어젯밤 분명 그랬기 때문이다, 돈을 주지 않으면 은행에 있는 전 재산을 빼내겠다고 말이다.
그런데 진짜로 피해자가 생겼고 인터뷰가 나왔다.
은행에 있던 무려 30억의 현금을 모조리 털린 것.
그 뉴스를 보자 다들 충격을 받은 듯했다.

-돈도 돈이지만 이거 어쩌냐, 씨발. 우리 카톡도 다 가져갔나 본데?
-카톡? 그게 왜?
-다른 뉴스 못 봤냐? 바람피우던 남자 와이프한테 해킹범이 카톡으로 사실을 알려서 와이프가 이혼한다고 난리다.

그걸 본 조창후는 심장이 덜컥 내려앉았다.
자신이야말로 불륜을 하고 있던 중이니까.
그리고 아내 몰래 불륜녀와 사랑한다 어쩐다 하는 문자를 주고받아 왔으니까.
"어, 어쩌지……? 이거 어쩌지? 미치겠네."
돈도 돈이지만 아내에게 불륜을 걸린다는 생각만으로도

조창후는 눈앞이 캄캄해지는 기분이었다.

그렇게 되면 자신의 인생은 박살 난다.

자신의 딸은 자신을 무슨 짐승처럼 바라볼 게 분명했다.

"제발…… 제발……."

그 상대방에게 연락할 방법이 있다면 가서 무릎이라도 꿇고 빌고 싶은 심정이었다.

하지만 아무 방법도 없었다.

가지고 있는 것은 오로지 계좌 번호 하나뿐.

─어쩌지?

─망했다.

─큰일 났다.

─우리는 망한 거야.

다들 멘붕이 온 것 같았지만 특히나 불륜을 하던 사람들은 아주 정신이 나간 듯했다.

그렇게 대혼란이 온 상황에서 갑자기 누군가가 링크를 하나 걸었다.

─야, 우리가 속았다.

─뭘 속아?

─우리한테 오던 링크들 있잖아. 박기훈 까던 그 링크들. 그걸 통

해 바이러스가 감염된 거래. 그건 고치는 방법도 없대.

진상이 밝혀지자 채팅 창은 싸늘하게 얼어붙었다.
어떻게 해킹된 건지 알지 못했는데 드디어 그 원인이 나타난 것이다.

-그러면 우리한테 그런 걸 막 보낸 건……?
-우리 핸드폰 해킹해서 정보를 빼내려던 거였겠지.
-당했네! 당했어!
-우리 아들이 그런 헛소문 믿지 말라고 할 때 믿지 말걸.
-우리 정보는 이미 다 빼 갔다는데 어쩌지?

그러나 어느 순간부터 채팅 창은 고요해졌다. 해킹당했다는 사실에 겁먹고 다들 다급하게 나가기 시작한 것이다.
수백 명이 있던 채팅 창에서는 썰물처럼 사람들이 빠지고 있었다.
그리고 그렇게 온라인상에 홀로 남은 조창후는 다급하게 은행으로 달려갔다.

⚖️

노형진이 그들의 핸드폰에 바이러스를 심은 것은 사실이

다.

그러나 그들의 핸드폰을 해킹한 것은 아니었다.

그 두 가지는 전혀 달랐다.

바이러스는 쉽게 말해서 일종의 문제를 일으키는 거고, 해킹은 그 안에서 정보를 빼내거나 원격조종 하는 등의 행동이 가능하게 만드는 것이다.

사실 둘 다 불법이기는 하지만 바이러스와 해킹은 전혀 효과가 다르다.

바이러스는 상대방의 파괴 또는 장난이 목적이고, 해킹은 정보의 통제가 목적이다.

그리고 지금 상황은 전자에 가까웠다.

"바이러스는 제대로 작동한 거야?"

"정확하게요. 그렇게 설계했으니까요."

노형진의 물음에 이수종은 확신에 찬 얼굴로 고개를 끄덕였다.

정해진 시간에 정해진 화면을 내보내고 정해진 루틴에 따라 소멸한다.

이것이 노형진이 사이트를 통해 뿌린 바이러스의 효과였다.

정확하게는 일단 화면에 뜬 후에 화면에서 열 번 이상의 터치가 인식되면 30분 이내에 바이러스 자체가 소멸하면서 사라지는 일회용이었다.

당연하게도 그로 인한 어떠한 피해나 정보 누출도 발생하지 않는다.

그런 기능을 넣으면 아주 복잡해지겠지만, 사실 이 바이러스는 그런 기능은 없이 화면에 정보만 흘리고 사라지면 되는 놈이라 제작도 쉬웠다.

"추적될 가능성은 없지?"

"추적요? 될 리가 없죠. 뭐 할 만한 건더기라도 있어야 추적하죠."

이수종은 당연하다는 듯 말했다.

"원래 추적은 프로그램의 특징을 확인하고 그걸 따라가는 거거든요. 하지만 이건 워낙 단출한 프로그램이라 딱히 튀어나올 것도 없어요."

즉, 특징이랄 것도 없다는 거다.

"더군다나 시간이 지나면 저절로 사라지게 되어 있으니 그걸 복구하려면 돈이 어마어마하게 깨질걸요."

설사 복구한다고 해도 그들의 눈에는 화면에 장난치는 바이러스만으로 보일 뿐이다.

"그걸 추적한다고 해도 누가 만들었는지 알 게 뭐래요? 우리도 모르는데."

애초에 그 바이러스는 이수종이 자신의 동료 해커들에게 부탁해서 만든 것이다.

FBI도 뚫어 대는 그의 동료들이니 바이러스 하나 만드는 것 정도는 어렵지 않았고, 이후 이수종이 한 건 그 안에 한글로 글을 써 넣고 그 과정에서 발생하는 버그를 잡는 정도였다.

"일단 추적한다고 해도 결국 나오는 건 이란이니까."

해당 사이트의 서버는 이란에 있는 것으로 되어 있고, 이란에서 명확한 증거도 없는 이런 장난 바이러스의 정보를 공개해 줄 리도 없거니와 설사 공개한다고 해도 그 지역은 다시 중국을 거쳐 미국으로 넘어가게 되어 있다.

한국의 수사 방식을 보면 고작 장난에 지나지 않는 바이러스 때문에 그렇게까지 추적할 가능성은 낮다.

"설사 한다고 해도 뭐, 선거는 끝난 후일 테니까요."

"그렇겠지. 그나저나 이거 아주 인터넷이 난리가 났네."

노형진은 막 떠오르는 뉴스를 보면서 혀를 끌끌 찼다.

추정 피해자만 40만 명이 넘을 정도로 바이러스에 감염된 사람들이 많았다.

서로서로 링크를 걸어 가면서 가짜 뉴스를 뿌리는 데 여념이 없었던 것이 문제였다.

결과적으로 그러한 바이러스 감염으로 인해 노형진의 예상대로 가짜 뉴스를 퍼트리는 것은 일시적으로 근절되어 버렸다.

언론에서 심각한 정보 유출 사태라면서, 가짜 뉴스를 퍼트리는 사이트에 절대로 접속하지 말라고 수차례 경고하고 있었기 때문이다.

그로 인해 계좌가 모조리 털리거나 추문이 새어 나가서 이

혼당하거나 해직당하는 사람들의 제보가 계속 이어지고 있
었으니 당연한 결과였다.

"그나저나 기자들은 진짜 안 바뀌네요. 아니, 그만큼 당했
으면 좀 고쳐져야 하는 거 아닌가요?"

"잘도 그렇겠다."

이수종의 말에 노형진은 피식 웃었다.

그럴 수밖에 없는 게, 이 바이러스에는 해킹 능력이 없다.

그런데 저런 말도 안 되는 소문이 도는 이유는 간단하다.

그것 또한 가짜 뉴스니까.

노형진은 그들이 겁먹기를 바랐고, 그 때문에 인터넷에 열
심히 가짜 뉴스를 만들어서 뿌렸다.

당연히 바이러스의 확인이 끝나지 않은 상황에서 그건 상
당히 자극적인 소재였고 아니나 다를까, 한국의 기자들은 제
대로 사실 확인도 하지 않고 무조건 퍼 나르기 시작했다.

그렇다 보니 기자들에게 알려진 피해자만 벌써 마흔 명에
피해 금액은 100억을 넘어가고 있었다.

물론 존재하지 않는 피해이기 때문에 사회적으로 혼란이
올 것은 없다.

다만 자신의 폰이 그 바이러스에 감염된 것을 아는 사람들
만 공포에 부들부들 떨 뿐이었다.

"그나저나 덕분에 가짜 뉴스를 퍼트리던 놈들은 아주 그냥
구석에 처박힌 모양이던데요."

이것이 법이다

"당연하지."

뉴스에서 이번 사건을 워낙 크게 다루고 있기 때문에 모르는 사람은 거의 없었고, 당연히 그런 링크를 보냈던 사람들에게는 온갖 욕이 다 쏟아졌다.

요즘은 아예 카톡에 링크라도 하나 올리면 일단 쌍욕부터 박는 게 보통일 정도였다.

당연히 그걸 작업하던 놈들은 끙끙거리고 있었다.

말로 아무리 썰을 풀어 봐야 전달하는 데에는 한계가 있다. 증거가 없기 때문이다.

그럴 때 그 가짜 뉴스가 일종의 증거처럼 작동하는 게 정상이었다. 그걸 본 잘 모르는 사람들은 '봐라, 진짜로 뉴스가 있지 않느냐.'라는 말을 했으니까.

하지만 상황이 돌변했다.

링크를 올리면 일단 욕부터 날아오고, 사이트 관리자는 번개같이 해당 글을 지우고 바로 계정을 정지시켜 버렸다.

물론 그것만으로 끝나는 게 아니었다.

"슬슬 광훈이가 도착할 때가 된 것 같은데?"

"뭐?"

인터넷 여론 조작 3팀의 팀장은 자리에서 벌떡 일어났다.

"그게 무슨 소리야!"

—검찰에서 수색영장을 받아서 거기로 출발했습니다. 우리가 글을 뿌리는 와중에 IP가 드러난 모양입니다.

"씨발, 이제 와서 그런 소리를 하면 어쩌자는 거야!"

그는 정신이 아찔해졌다.

이게 걸리면 심각한 문제가 된다.

그런데 너무 다급하게 전화가 왔다.

"위에서는 뭐래? 막을 수 있대?"

—불가능합니다. 일이 너무 커졌어요. 피해 금액이 백억 단위인지라 위에서도 막을 수가 없습니다. 당장 그곳에서 피하세요. 물건 들고요!

"이 상황에 뭘 들고 가, 이 미친 새끼야!"

전화를 끊은 팀장은 다급하게 작업 중이던 곳으로 고개를 돌렸다.

"야! 다 전원 내려! 무조건 포맷시켜 놓고 바로 도망가!"

"네?"

"팀장님, 무슨 일 났습니까?"

"우리가 작업한 게 걸렸다. 우리가 그 사기의 주체로 몽땅 독박 쓰게 생겼어!"

순간 모든 사람들의 안색이 사색이 되었다.

물론 그들은 바이러스를 뿌린 적이 없다. 하지만 선거법을 위반했으니, 걸리면 줄줄이 잡혀 들어갈 건 뻔했다.

이 마당에 그들이 잡혀 들어간다고 위에서 과연 그들을 도와줄까?

그럴 리가 없다.

"야! 포맷시켜! 남김없이 싹 지워!"

다급하게 모든 자료를 삭제하는 사람들.

하지만 시간은 그들의 편이 아니었다.

띠리링, 띠리링.

"뭐야, 씨발!"

-지금 검찰에서 연락이 왔습니다. 기동대가 출동했답니다. 오광훈 검사가 10분 안에 도착할 겁니다.

"뭐? 10분? 씨발, 개 같은."

아무리 서둘러도 10분 안에 이걸 다 지우고 도망갈 방법은 없다.

10분이면 증거인멸은커녕 포맷도 완료하지 못할 시간이다.

설사 포맷해도 문제다. 단순 삭제는 결국 디지털 포렌식 수사가 들어가면 다 튀어나올 수밖에 없다.

"야! 일단 튀어!"

"네?"

"팀장님, 그게 무슨 말씀이십니까?"

"일단 튀라고, 이 새끼들아! 경찰들 이쪽으로 오고 있대! 죄다 튀어! 도망가!"

멍하니 있던 직원들은 사색이 되어서 바깥으로 튀어 나갔다.

증거인멸? 그런 걸 할 시간은 없었다. 잡히지 않는 게 우선이니까.

그렇게 그들이 그곳을 벗어난 지 채 5분도 지나지 않아서 문이 박살 나면서 경찰과 검찰이 들이닥쳤다.

"씨발, 번개같이 튀었네."

오광훈은 주변을 보면서 기가 막힌다는 듯 말했다.

"도대체 말이야, 검찰 내부인지 법원 내부인지, 아주 그냥 정보가 줄줄 새는구나, 줄줄 새."

오광훈의 말에 몇몇은 고개를 푹 숙였다. 그렇잖아도 자꾸 이런 문제가 터지는 바람에 분위기가 흉흉했기 때문이다.

"어쩔 수 없지. 일단 증거부터 챙겨."

"오 검사님, 이놈들이 깡그리 포맷을 시켜 놓고 갔는데요?"

컴퓨터는 모조리 비어 있고 핸드폰도 박살 난 채 여기저기 굴러다니고 있었다.

"과학수사 팀은 멋으로 있냐? 모조리 수거해서 복구 요청해!"

"알겠습니다."

"그나저나 자리가 몇 개야? 하나, 둘, 셋…… 어이구, 스무 개가 넘네. 그러면 최소 스무 명이라는 건데…….”

오광훈이 얼굴을 긁적이며 중얼거리는데, 옆에서 증거들을 확인하던 직원 한 명이 다가왔다.

"그런데 말이지요, 여기만 이 정도면 다른 곳은 어떨까요?"

"IP가 다섯 곳이었지?"

"네."

"비슷하다고 하면 백 명쯤 되는 거네."

"이 새끼들이 아주 사기 치려고 작정을 했네요."

"그런 것 같지?"

인터넷상에 올라와 있는 피해 예상금만 100억이다.

그러니 추가로 더 피해자가 있을 테고, 계좌 이체를 해 준 사람들까지 합하면 최소 200억, 최악의 경우는 400억이 넘을 수도 있는 초대형 사기 사건.

"이 정도 사기를 치고도 그냥 넘어갈 수 있을 거라 생각하는 걸까요?"

"모르지. 그런 놈들이 어디 한둘이냐, 빤하게 사기 치는 놈들이 가득한데?"

오광훈은 혀를 끌끌 찼다.

"그나저나 이거 자료가 많아서 디지털 포렌식으로 하려면 시간 좀 걸리겠는데?"

"그러니까요. 그래도 제대로 하면 잡는 건 어렵지 않겠네요."

사무실 안 여기저기서 돌아가고 있는 컴퓨터들을 보며 혀를 끌끌 차는 부하들과 오광훈이었다.

⚖️

–검찰에서는 사건의 수사 진행 상황을 확인하고 있으며 피해자

들이 보낸 돈을 확인하는 한편…….

　－최소 백 명 이상의 사기꾼들이 담합한 초대형 사기 사건으로 보고…….

　TV에서는 한창 가짜 뉴스 사이트 사기 사건에 대해 보도하고 있었다.

　그러나 조공수의 보좌관인 왕지훈에게는 조금도 들리지 않았다.

　그가 신경 쓰는 것은 오로지 계좌뿐이었다.

　꿀꺽.

　그가 관리하던 조공수의 비자금용 차명 계좌로 갑자기 물밀듯이 들어온 돈은 어느 사이엔가 80억을 넘어가고 있었다.

　원래 그 계좌에 들어 있던 돈은 20억쯤 되었다.

　그런데 순식간에 60억이 늘어난 것이다.

　"80억…… 80억…… 끄응…… 환장하겠네."

　어마어마한 돈이다.

　이것은 차명 계좌이며 주변에서 모르는 계좌다.

　그 계좌로 돈이 들어오기 시작하자 그는 혼란이 올 수밖에 없었다.

　'뭐지? 왜 돈이 이렇게 들어오는 거지? 조공수가 미쳤나? 이걸 그냥 둬? 신고해야 하는 거 아냐?'

　하지만 그는 이내 고개를 흔들었다.

신고할 수가 없는 계좌다.

이 계좌를 신고하면 조공수는 그날로 끝이다.

선거 중에 차명 계좌가 드러나면 쐐기나 마찬가지니까.

'드러낼 수 없는 계좌이기는 하지만 그래도 이렇게 돈을 넣을 수는……'

생각하던 왕지훈의 머릿속에 순간 번개가 번쩍 쳤다.

'그러고 보니 이 돈, 손대지 못하는 돈은 아니잖아?'

조공수의 비밀 차명 계좌이지만, 그 때문에 조공수는 그걸 인정할 수 없다.

더군다나 방금 생각한 것처럼 이 계좌는 비밀 계좌다.

즉, 그가 손댄다고 해도 조공수가 건들지는 못한다는 거다.

물론 그가 한국에 있다면 조공수가 손을 쓰겠지만…….

'그럴 필요는 없지 않나?'

무려 80억이다.

80억이면 전 세계 어디를 가든 떵떵거리면서 살 수 있다.

하와이에 가서 수영장이 딸린 집에서 금발의 미녀를 끼고 살 수 있는 돈이 바로 80억이다.

'씨발, 조공수 개새끼.'

거기까지 생각이 미치자 왕지훈은 지금까지 조공수에게 당했던 일들이 생각났다.

말이 보좌관이지 현실적으로는 그냥 노예였다.

왕지훈에게 계좌를 맡긴 것도, 그를 믿어서가 아니라 문제가 생기면 그에게 뒤집어씌우기 위해서다.

그래도 정치 한번 해 보고 싶어서, 금배지 하나 달아 보고 싶어서 꾹 참고 버텨 왔던 왕지훈이었지만 사실 한계였다.

스스로도 알고 있었기 때문이다, 조공수는 절대 그 자신에게 권력을 잡을 기회를 주지 않으리라는 것을.

대통령 선거가 시작되자 조공수는 가장 가까이에서 보좌하던 왕지훈부터 내쳤다.

그리고 그의 자리였던 곳은 돈을 바리바리 싸 들고 온 놈들로 꽉 들어찼다.

그때 왕지훈은 직감적으로 알았다.

그가 대통령이 되든 안 되든 자신은 버려진다고.

지금까지는 대책이 없었기에 그저 버티고 있었을 뿐이다.

"하지만 80억이면 충분한 대책이지."

실시간으로 액수가 계속 늘어나는 계좌에, 왕지훈은 결국 눈이 돌아가 버렸다.

⚖️

"오 검사님, 그 계좌의 돈이 움직였습니다."

"드디어?"

부하의 말에 오광훈은 자리에서 벌떡 일어났다.

사실 돈을 내놓으라고 한 계좌에 대해서는 이미 알고 있었다.

그리고 실제로 거기에 많은 돈이 들어가고 있다는 것도 알고 있었다.

하지만 그냥 뒀다. 누군가가 찾으러 오기를 바라면서 말이다.

마침내, 드디어 누군가가 움직였다.

"그 돈이 다른 사람의 계좌로 통째로 움직였습니다."

"어디로? 설마 해외로 빠진 건 아니지? 은행에 이야기해 놨는데 그런 병신 같은 실수를 할 리는 없겠지, 설마."

"왕지훈이라는 사람의 계좌로 들어갔답니다."

"그건 뭐야? 다른 차명이야? 확인해 봐."

"네, 알겠습니다."

이미 모든 영장은 받아 둔 상태이기 때문에 신상 정보를 확인해 보는 건 어렵지 않았다.

"왕지훈, 나이 34세입니다. 서울에 거주하고 있고 직장은…… 어? 공무원입니다."

"공무원?"

"네, 잠깐만요. 차명을 왜 공무원이 빌려주는…… 얼레? 이 사람, 국회 공무원입니다."

오광훈은 고개를 갸웃했다.

"국회 공무원이라니?"

"조공수 의원 사무실 보좌관으로 나오는데요?"

"뭐? 뭐가 잘못된 거 아냐?"

"그건 아닙니다. 계좌가 확실한데 뭐가 잘못되었겠습니

까? 그리고…… 이 새끼, 지금 해외로 출국하려고 합니다. 일본을 거쳐서 유럽으로 가는 비행기표를 끊었습니다. 편도인데요?"

"편도? 지금 같은 상황에?"

당장 조공수가 대통령 선거 중이다.

그런데 보좌관이 그를 떠나서 유럽으로 간다?

"출장 아냐?"

"개인 카드로 결제했습니다. 출장이라면 그럴 이유가……."

"설마 이번 사건에 조공수가 연관된 거야?"

오광훈의 말에 모두들 침묵을 지켰다.

그의 말이 맞는다면 문제가 어마어마하게 심각해지기 때문이다.

"아무리 그래도 설마 그렇겠습니까? 조금 있으면 대통령이 될지도 모르는 사람이 이런 사기를 친다는 건……."

"그건 그런데, 그러면 이 상황은 뭐야?"

"그건 잘 모르겠습니다만…… 일단 왕지훈 이놈을 잡아야 하는 거 아닙니까? 두 시간 뒤면 출국입니다."

부하의 말에 오광훈은 오만상을 다 쓴 채 갈등했다.

그리고 입을 열었다.

"끄응, 야, 일단 영장……. 아니다, 아니야. 지금 몇 번째야? 일단 긴급체포 하고 그 이후에 영장 치자. 이 새끼들이 또 어디서 정보를 빼낼지 몰라."

"그게 좋겠네요."

"공항에 이야기해서 비행기에 탑승할 때까지만 보안 유지해 달라고 해."

비행기에 탑승하면 아무리 그라고 해도 도망갈 곳은 없다.

"비행기 좌석은?"

"퍼스트입니다."

"새끼, 돈 받았다 이거군. 만일에 대비해서 다른 퍼스트 손님은 그놈 잡은 후에 들여보내라고 해. 그 새끼가 눈 돌아가서 누구 잡고 인질극이라도 하면 곤란하니까."

"네, 검사님."

"바로 공항으로 가자. 두 시간이면 겁나 빡빡하다."

오광훈은 자리에서 벌떡 일어났다.

"늦는 놈은 국물도 없어."

"국물이나 사 주고 말씀하세요."

"잡으면 오늘 돼지국밥 내가 쏜다."

"안 먹어요!"

그들은 자신 있는 모습으로 사무실에서 출발했다.

⚖️

왕지훈은 떨면서 비행기에 올랐다.

그리고 자신의 자리에 앉고 나서야 안도의 한숨을 내쉬었다.

"으흐흐, 이제 가기만 하면 되는 거야."

해외로 나가자마자 바로 계좌를 새로 만들어서 돈을 빼돌리면 된다.

아마 그때쯤이면 조공수는 당했다면서 눈을 까뒤집을 테지만 어쩌겠는가, 그 돈을 달라고 할 수도 없을 테니.

"이야, 그나저나 역시 퍼스트 클래스, 끝내주게 넓네."

사실 일본은 비행하는 거리가 짧기 때문에 퍼스트 클래스가 거의 없다.

하지만 그는 그렇게 염원하던 퍼스트 클래스를 꼭 타 보고 싶었다.

"그래, 이게 인생이지."

그가 혼잣말을 중얼거리는 그때, 뒤에서 다른 사람의 목소리가 들려왔다.

"그렇지. 이런 게 인생이지. 그런데 그 인생, 여기서 종 쳐야겠다."

그러더니 뒷자리에서 어떤 남자가 스윽 일어나는 것이 아닌가.

"왕지훈."

"누…… 누구세요……?"

"오광훈 검사다. 같이 갈까?"

검사라는 말에 왕지훈의 두 눈에 공포가 어렸다.

"……."

"설마 전 국민을 사기 친 돈을 들고 튈 수 있을 거라 생각한 거야?"

"사기라니요! 난 몰라요! 진짜로 몰라요!"

"뭐, 아는지 모르는지, 그건 두고 보자고."

오광훈은 왕지훈을 일으켜 세우고는 그에게 수갑을 채웠다.

"지금부터 그 계좌에 대해 아주 길고 진지한 이야기를 해봐야 할 테니까 말이야."

왕지훈은 자신도 모르게 고개를 푹 숙일 수밖에 없었다.

⚖

왕지훈의 체포 소식은 빠르게 퍼져 나갔다.

-조공수 의원의 보좌관 왕 모 씨가 어젯밤 긴급체포 되었습니다. 왕 모 씨는 얼마 전 벌어진 핸드폰 해킹 사건으로 들어온 돈을 들고 도주하던 중 공항에서 체포되었으며…….

-조공수 의원은 자신은 아는 바가 없다며 항변하고 있습니다만…….

-검찰은 왕 모 씨를 취조하여 공범들을 잡는다는 계획이고, 그 과정에서 조공수 의원의 소환도 염두에 두고…….

뉴스를 보던 노형진은 TV를 꺼 버렸다.

"이 정도라면 완벽하게는 아니더라도 이번에는 확실하게

막은 것 같은데요?"

"확실하게 정도가 아니지요. 사실상 선거를 끝내셨네요."

물론 조공수가 사기를 친 것은 아니다. 하지만 조공수의 보좌관이 엮여 있다.

정치인들이 문제가 터지면 보좌관에게 뒤집어씌우는 게 하루 이틀 일이 아니었기 때문에 조공수가 자기는 모른다고 해도 누구도 믿어 주지 않았다.

결국 조공수의 지지율은 반 토막이 난 상태였다.

"그나저나 조공수의 비밀 계좌는 어디서 찾으신 겁니까?"

"저, 마이스터 대변인입니다. 원한다면 그 정도 찾는 건 어려운 일이 아니지요."

"아……."

노형진은 협박할 때 고의적으로 그의 비밀 계좌를 넣어서 돈이 그쪽으로 가게 만들었다.

왕지훈이 그 돈을 들고 도망가는 것은 예상외의 일이었지만 말이다.

"결국 조공수 본인도 가짜 뉴스에 당한 거죠."

사실 노형진은 조공수를 건드릴 생각은 없었다.

하지만 그는 자신의 권력을 위해 선을 넘었다.

권력만 준다면 불법을 기꺼이 저지르는 모습을 보여 줬고, 나라의 상황을 알면서도 권력을 위해 일본의 스파이들과 손잡으려고 하는 모습까지 보였다.

'내가 그렇게 되는 꼴은 못 보지.'

그래서 계좌 번호를 거기에 넣은 것이다.

"덕분에 박기훈 의원님이 어렵지 않게 대통령이 되실 것 같네요."

"어렵지 않게요? 그런 말을 하기는 너무 빠르지 않을까요? 아마 대통령 되는 것보다 그 자리에서 똥 치우는 게 100만 배는 더 어려우실 텐데요."

심호섭은 씁쓸한 미소를 지었다. 그 말이 사실이니까.

대통령이 되는 것보다 그게 더 무서운 지경이니 말이 안 나올 정도였다.

더군다나 그가 대통령이 된다고 해도 실질적으로 그를 믿고 따라 줄 사람들은 없다시피 하다 보니 절대 쉬운 개혁은 아닐 게 확실했다.

"해 드릴 건 없고, 대통령 취임식에 초대라도 해 드릴까요? 아! 물론 선거에서 이긴다면 말이지요."

"거절하겠습니다."

"네?"

"저는 정치랑 거리를 두고 싶습니다. 이번에는 의뢰를 받은 것뿐이니까요."

"여전하시네요, 하하하."

"사람이 변하면 죽는다고 하지 않습니까?"

노형진은 빙그레 웃으며 말했다.

"박기훈 씨는 대통령이 된 후에도 변하지 않았으면 좋겠네요. 저처럼 말입니다."

"아마 그 양반은 죽어도 자기가 자기 손으로 죽겠다고 덤빌 겁니다."

"그런 강단이 진짜 필요할 겁니다."

노형진은 부디 그가 제대로 개혁을 이루어 낼 수 있기를 마음속으로 빌었다.

국민의 자격

　대한민국 헌법 제3조에는 대한민국의 영역에 대해 정해져 있다.

　정확하게 대한민국의 영토는 한반도와 그 부속 도서로 한다고 되어 있다.

　"그래서 엄밀하게 말하면 북한은 국가로 인정되지 않지요."

　정확하게 표현하자면 북한은 대한민국의 영토를 점거하고 있는 불법 무력 단체로 표현된다.

　물론 현실은 좀 달라서 국가로서 대응하고 적대국으로 인정하고 있지만, 헌법상 그들은 국가가 아니다.

　그래서 한국에서는 북한 사람들을 북한 국민이라고 표현하지 않고 북한 주민으로 표현한다.

일본 국민, 미국 국민처럼 다른 나라의 사람이 아니라 북한이라는 지역의 한국 사람이기 때문이다.

실제로 한국 사람들이 잘 모를 뿐 북한이 점령하고 있는 곳, 즉 황해도와 평안남도, 평안북도, 함경남도, 함경북도의 도지사도 존재한다.

그들은 월급 등에서 현직 도지사와 동일한 대우를 받는다.

다만 투표할 수가 없어서 현실적으로 임명직이기는 하지만 말이다.

"그래서 문제가 많습니다."

노형진은 회의실에서 사람들을 보면서 차분하게 말하고 있었다.

"현실적으로 북한 지역에서 나오는 사람들은 엄밀하게 말하면 우리 국민입니다."

정확하게 표현하자면 탈북민의 경우는 한국법상 한국 국민으로 인정되며, 그래서 한국에 입국할 때 그들은 여권 같은 게 필요하지 않다.

왜냐? 그들은 한국 국민이니까.

"그런 그들에 대한 구조 요청이 들어온 건가?"

김성식은 서류를 넘기며 물었다.

"그렇습니다. 그들의 신병에 대한 해결책을 요청하는 사건입니다. 의뢰인은 한민족국민연합이라고, 탈북민을 한국으로 데리고 오는 인권 단체입니다."

"그런 곳이 있다고는 들었어요. 그런데 뭐가 문제인 거죠? 사실 이 부분에 대해서는 우리가 해 줄 수 있는 건 없는 것 같은데요."

다른 곳도 아닌 북한 문제다.

무기를 들고 한국과 대립하는 자들의 문제는 노형진이 아무리 잘났어도 해결할 수 없다.

미국도 해결 못하는 문제를 노형진이 어떻게 해결한단 말인가?

"그쪽에서 의뢰한 건 북한의 문제를 해결해 달라는 게 아닙니다. 그렇다고 해서, 붙잡혀서 북한으로 다시 송환되는 사람들에 대해 해결해 달라는 것도 아니고요."

"그러면?"

"북한에서 잡혀서 인신매매되고 있는 주민들에 대한 문제입니다."

"인신매매요?"

"흠……."

고연미는 잘 모르겠다는 듯 고개를 갸웃했다.

하긴 여성들은 아무래도 군을 다녀오지 않기 때문에 따로 자료를 찾아보기 전에는 그런 이야기를 듣는 게 쉽지 않다.

"흠…… 그 이야기인가."

김성식은 이해가 간다는 듯 고개를 끄덕거렸다.

무태식은 고연미와 아내인 민시아에게 추가로 설명해 줬다.

"매년 많은 사람들이 북한을 탈출합니다. 이제는 그게 딱히 이슈가 되는 시대도 아닐 정도죠. 문제는, 그들이 한국으로 오는 과정에서 납치되어 인신매매된다는 겁니다."

옛날에는 북한을 탈출해서 한국으로 오면 뉴스에 나가고 영웅으로 대접받았지만, 북한이 몰락하고 어마어마한 숫자의 탈북민이 생겨 그들이 한국으로 오면서 이제는 그냥 일상 중 하나가 되었다.

"문제는 그곳에서 그들은 보호받지 못한다는 거죠."

일단 중국으로 탈출한 북한의 주민들에게 가장 좋은 결과는 남한으로 들어가는 거다.

가장 나쁜 결과는 중국의 공안에게 잡혀서 다시 북으로 끌려가는 것이고.

"후자는 우리도 어떻게 할 수가 없습니다."

중국은 북한을 하나의 국가로 공식 인정하고 있어서 그 부분에 대해서는 이쪽에서 뭐라고 할 수가 없다.

"그리고 한국으로 들어온 이후의 일은 국가와 국정원에서 해결할 문제이지요."

문제는 이러지도 저러지도 못하는 사람들, 즉 중국에서 인신매매당하는 사람들이다.

"심각하겠네요, 그거……."

민시아는 눈치 빠르게 그 심각성을 알아차렸다.

이런 사건의 피해자가 보통 누구일지 예상하는 건 어렵지 않았다.

"맞습니다. 심각합니다. 현실적으로 가장 많은 피해자는 여성입니다."

남자들은 생각보다 많이 잡아가지 않는다.

그럴 수밖에 없는 게, 북한에서 탈출한 주민들의 건강 상태가 워낙 안 좋아서 노동력이나 장기 밀매 등으로 쓰기는 힘들기 때문이다.

"하지만 여성은 다르지요. 중국의 남녀 성비는 1 대 1.2쯤 됩니다."

쉽게 말해서 결혼 적령기 기준으로 남자가 천이백 명이면 여자는 천 명뿐이라는 거다.

그러니까 남자 중 이백 명은 결혼을 못 한다는 소리다.

"공식적인 조사에 따르면 현재 중국 결혼 적령기의 남녀 비율상 부족한 여성의 수는 대략 3천만 명입니다."

"헐."

다들 어이가 없다는 표정이 되었다.

한국의 인구가 5천만인데 족히 60%는 되는 사람이 결혼을 못 한다는 소리다.

"더 큰 문제는 그런 현상이 시골일수록 더하다는 거지요."

급속도로 자본주의화되는 중국.

남자들은 다 도시로 빠져나가서 농민공이 되고, 벌이가 괜찮은 그들을 잡기 위해 여자들도 다 도시로 빠져나간다.

거기에다가 중국은 그 특유의 얼나이, 즉 첩 문화로 인해 한 남자가 여러 여자들을 독점하는 경우가 제법 많다.

당장 백 단위의 얼나이를 둔 부패 정치인도 있을 정도니까.

"그렇다 보니 중국의 농촌에서 심한 곳은 아예 젊은 여자 자체가 없는 경우도 많습니다."

"설마?"

"네. 중국의 납치범들은 탈북 여성을 납치해서 그런 곳에 팔고 있는 거지요."

그들은 현행법상 한국의 국민이다.

그러나 한국 정부는 그 문제에 대해 입을 다물고 있다.

일단 중국이라는 영토의 특성상 그들에 대해 터치하면 무조건 외교적 분쟁으로 이어질 게 뻔하기 때문이다.

"더군다나 중국은 북한을 도와주는 나라입니다. 한국에서 뭐라고 한들 절대 들어 먹을 놈들이 아니지요. 그런 문제가 심각한 게 하루 이틀 일도 아니고요."

보통 탈북을 할 때는 중국 브로커가 끼어서 도와준다.

그런데 돈을 받고 탈북을 도와주는 사람들은 그나마 다행이다.

"탈북을 도와주던 브로커가 열두 살짜리 소녀를 강간한 사건도 있습니다."

"한국인이 도와주면 안 되는 건가요?"

"아까 말씀드린 단체처럼 일부 도와주는 곳들이 있기는 합니다만, 현실적으로 전면에 나서야 하는 건 중국인들입니다."

어쩔 수가 없다. 만일 전면에 한국인이 나서면 북한은 그들을 납치해서 고문하고 전향을 강요할 것이다.

실제로 그런 사건이 종종 있었다.

"하지만 중국인이 나서면 북한도 그러지 못합니다. 북한은 중국의 도움으로 먹고사는 거나 마찬가지니까요."

그렇다 보니 잡혀도 벌금만 내고 쫓겨나는 선에서 끝나는 경우가 많다.

"그래서 전면에 나서는 브로커는 중국인을 쓸 수밖에 없습니다."

정의를 위해 설칠 수도 있지만 그랬다가는 여러모로 복잡해질 수밖에 없다.

북한에 잡혀가면 한국이 구해 줄 수도 없는데, 분명 그 가족들은 한국 정부에 대고 구해 내라고 울고불고 설레발치면서 언론 플레이할 게 뻔하니까.

"차라리 잡혀도 돈으로 틀어막을 수 있는 중국인을 쓸 수밖에 없다는 거군."

"맞습니다. 문제는 그 과정에서 인신매매단에 넘어가는 북한의 주민들이 있다는 거죠."

그들을 구해야 하는데 현실적으로 방법이 없다 보니 결국 그 방법을 찾아내 줄 만한 새론에 의뢰한 것이다.

"이번에는 중국으로 가 봐야 할 것 같습니다."

노형진은 굳은 표정으로 말했다.

그때 마주 앉아 있던 김성식이 입을 열었다.

"같이 가도록 하지. 나도 중국에 인맥이 좀 있으니까."

"김 대표님이요?"

"그래도 중수부 부장까지 했네. 중국과 업무상 교류가 좀 있네."

그렇게 말한 김성식은 고개를 끄덕이며 재차 입을 열었다.

"일단 그쪽이랑 이야기해 보고 해결책을 찾아보자고."

"쉽게 찾을 수 있을까요?"

"글쎄, 그건 모를 일이군. 하지만 쉬웠다면 우리에게 오지는 않았겠지."

너무나 당연한 말에 노형진은 씁쓸하게 웃었다.

⚖️

대한민국에서 선거가 끝나고 새로운 대통령이 취임하는 그날, 노형진과 김성식은 중국으로 향했다.

그리고 그곳에서 다행히 김성식이 아는 한 사람을 만날 수 있었다.

"오랜만입니다, 김 검사님."

"이제는 검사가 아닙니다. 변호사를 하고 있지요."

"그러신가요? 자, 자! 안으로 들어오세요."

김성식을 환영하는 왕리신은 한국으로 치면 대략 도급의 경찰청장쯤 되는 사람이었다.

한국에서도 도급의 경찰청장이면 알아주는데, 중국이라면 어마어마한 권력자다.

"오래간만이네요. 그나저나 어쩐 일이십니까?"

왕리신은 빙긋 웃으며 말했다.

그러자 김성식이 노형진의 옆구리를 쿡 찔렀다.

"크흠……."

노형진은 일단 헛기침하면서 품에서 작은 카드를 꺼내 들었다.

"약소하지만 선물입니다."

"선물?"

"요즘 일하느라고 얼마나 고생이 많으십니까? 적당히 쉬어 가면서 하셔야지요."

그 카드는 모 호텔의 체크인 카드였다.

즉, 그 방에 적당한 돈을 가져다 놨다는 것이다.

대놓고 돈을 주고받기는 어려우니까.

'이것만 해도 대놓고 준 거긴 한데…….'

물론 바로 알아들은 왕리신은 웃으며 카드를 받아서 자신의 품에 넣었다.

'이놈의 꽌시 문화, 진짜 지랄맞네.'

꽌시라는 것은 한국으로 치면 인맥이라고 할 수 있다.

하지만 또 인맥이라고 할 수도 없다.

이게 무슨 소리냐면, 인맥은 인맥이되 한국과 같은 인맥은 아니라는 소리다.

한국의 인맥은 좋은 게 좋은 거라는 느낌이 강하다.

서로 알고 지내면서 적당히 도움을 주고받는 걸 의미한다.

그에 반해 중국의 꽌시는 오로지 돈 또는 실리적으로 도움이 되는 관계만을 이야기한다.

그래서 한국 사람들이 실수하는 것 중 하나가 바로 그거다.

적당히 친해진 것 같으면 꽌시가 맺어졌다고 생각해서 부탁을 하는 거다.

물론 그 상대방은 화를 내면서 손절한다.

그들에게 꽌시란 오로지 이득이 되는 대상만 인정되기 때문이다.

상대방이 자신의 생명의 은인이라고 하더라도 자신에게 이득이 되지 않으면 그건 꽌시가 아니다.

"뭐 도움을 드릴 게 있습니까?"

카드가 마음에 들었는지 왕리신은 실실 웃으며 질문을 던졌다.

"사실은 인신매매 집단을 추적 중입니다."

"변호사라고 하지 않으셨나요?"

"의뢰가 들어왔습니다."

"인신매매 집단이라……. 하긴 그놈들이 좀 문제이기는 하지요."

중국의 인신매매 집단은 골칫거리다.

그것도 아주 심각한 골칫거리.

시골에서는 자기 자식을 파는 놈들도 있을 지경이고, 떼거리로 몰려다니면서 아이들을 납치하기도 한다.

인터넷에서 찾아볼 수 있는 대표적인 사건이 두 가지가 있는데, 하나는 자식이 엄마가 돈을 세는 것을 도와주는 영상이다.

그리고 다른 하나는 납치범이 달려들자 주변 사람들이 도와주는 영상이다.

하지만 현실은 시궁창인 게, 첫 번째 영상이 사실 자식을 팔고 받은 돈을 확인하는 장면이었다는 거다.

즉, 그 아이는 자기가 팔린 것도 모르고 엄마가 그 돈을 세는 것을 도와준 것이다.

두 번째는 납치범이 달려들자 주변에서 도와준 게 아니라 애초에 모조리 다 납치범이었던 것.

그들은 대상을 물색하고 마치 모르는 사이인 양 태연하게 걸어가다가 한꺼번에 달려들어서 아이의 할아버지를 때려눕히고 아이를 납치해 갔다.

"음…… 아무래도 그건 문제가 좀 있지요. 남아 선호 사상 때문에……."

말을 하는 왕리신의 표정에, 노형진은 올라오는 욕을 참아야 했다.

'지랄하고 자빠졌네.'

중국에서 아동 납치 같은 것에 대해 하는 말이 그거다.

남아 선호 사상 때문에 거래된다는 것.

하지만 조금이라도 사회에 대해 안다면, 특히 유교에 대해 안다면 말도 안 되는 개소리라는 걸 금방 알게 된다.

남아를 선호하는 이유가 뭔가?

유교적인 입장에서 남자아이만이 가문을 이어 가는 게 가능하기 때문이다.

그런데 아이가 없다고 입양하는 것도 아니고, 납치해서 키운다?

그런다고 해서 그 아이가 그 집안의 자식이 될까?

그럴 리가 없다.

더군다나 그 말대로라면 도대체 중국의 불임률은 얼마나 높단 말인가?

한 해 중국에서 납치되는 아이만 20만이다.

그 아이들이 죄다 입양된다면 그만큼 중국에는 불임이 많다는 건데, 그렇게 많은 불임은 보고된 적이 없다.

그랬다면 중국의 인공수정 병원들은 초대박이 났을 것이다.

그럼에도 불구하고 중국은 납치 문제를 남아 선호 사상으로 몰아간다.

그건 진짜 진실을 알게 되면 중국의 이미지가 박살 나기 때문이다.

사실 유럽이나 다른 나라에서 의심하는 가장 큰 납치 이유는 아동 성 노예와 장기 밀매와 앵벌이, 그리고 비밀리에 이루어지고 있는 인육 유통이다.

실제로 장기 밀매는 심각하게 이루어지고 있다.

특히 한국에서 이루어지던 장기 밀매가 노형진에 의해 막힌 후에는 더 심해진 경향이 있다.

그리고 앵벌이 같은 경우는 농담이 아니라 사례가 존재한다.

한 어머니가 자식을 잃어버린 후 길을 가다가 아이를 발견했는데, 멀쩡했던 아이가 팔다리가 잘린 채로 길바닥에서 앵벌이를 하고 있었다는 것은 널리 알려진 이야기다.

인육의 경우는 실제로 쓰레기장에서 양념이 된 아이의 시신이 발견된 적이 있다는 뉴스가 나온 적도 있다.

"저희는 중국 아동에 대한 납치를 여쭤보러 온 게 아닙니다."

"그러면?"

"북한에서 들어오는 한국인들을 대상으로 이루어지는 인신매매에 대해 알아보고 싶은 겁니다."

"크흠……."

왕리신은 헛기침을 했다. 그리고 손을 내밀었다.

"뭐, 적당한 기회에 술 한잔하지요."

노형진은 이게 뭔 짓인가 하고 눈을 찌푸렸으나, 예상이라도 한 것처럼 김성식은 그의 악수를 받았다.

"제가 좋은 자리를 하나 마련해 두겠습니다."

"기대하고 있겠습니다, 허허허."

노형진은 김성식과 함께 그곳을 나오면서 조용히 물었다.

"지금 저거 뭐라는 겁니까?"

"이 자리에서는 말하기 힘들다는 거지. 중국 아닌가? 아무리 그의 사무실이라지만 도청 장치가 있을 수도 있다는 거야."

"아하!"

"그러니 우리보고 안전한 곳을 하나 만들어 두라는 소리야."

"추적은 두렵지 않은 건가요?"

"애매한 거지. 반역까지는 아니지만, 정부에서 불편하다고 생각할 정도의 문제라는 거야."

즉, 따로 만나서 이야기를 주고받는 정도는 위에서도 모른 척해 준다는 의미다.

"물론 그 대가로 왕리신도 적당한 뇌물을 줘야겠지만."

"복잡하네요."

"중국 아닌가. 중국이 깨끗하면 그게 이상한 거지."

그렇게 말하며 혀를 끌끌 차는 김성식이었다.

⚖️

노형진과 김성식이 왕리신과 다시 만난 것은 이틀 뒤였다.

왕리신은 김성식이 준비한 룸에서 신나게 술을 마시고 여자를 만지작거렸다.

그렇게 한참을 놀고 나서야 드디어 입을 열었다.

"자네가 말하는 것에 대해서는 우리도 심각하게 생각하네. 하지만 우리 입장도 곤란하거든."

"그래요?"

"그래. 공식적으로 내려진 당의 명령은, 탈북자는 잡아서 무조건 북송하는 거야."

그런데 그 관련 정보를 한국인이 달라고 하는 것이니 아무래도 조심스러울 수밖에 없는 것이다.

"그 문제가 심각한가요?"

"심각? 아주 돌아 버릴 지경이지. 보아하니 여성 납치에 관해 파고드는 모양인데……."

"맞습니다만."

"그게 북한에서만 벌어지는 일도 아니고 말이지."

사실 중국, 특히 국경 쪽에 접한 시골 지역은 아주 열악한 상황이었다.

"베트남이나 방글라데시 또는 네팔 같은 곳에서도 납치가 이루어지고 있으니까. 중국에서도 중국 여성 납치가 벌어지는 판국이니."

중국은 결혼할 때 남자 측에서 여자 측에게 지참금을 줘야 하는 형태다.

그런데 그러한 가난한 나라에서 납치해 온 여자들을 사는 건 그 돈의 3분의 1이면 충분하다.

"그렇다 보니 납치 사건은 여간 예민한 게 아니야. 북한 같은 경우는 아주 떠먹여 주는 수준이니까."

다른 나라는 들어가서 납치해 와야 하는데 북한은 살기 위해 알아서 나오니까.

"우리도 잡고 싶지만 워낙 치밀한 놈들이라⋯⋯. 그리고 북송 문제도 있고 말이지."

"납치 결혼이라⋯⋯. 그게 결혼이 될 리가 없는데요."

"그래, 될 리가 없지."

만일 납치해서 제대로 자유를 준다면 대부분 탈출해서 경찰서나 대사관으로 달려갈 것이다.

일부 지역에서는 한국의 신안처럼 탈출한 여성을 공직자가 오히려 돌려보내는 지경이라지만, 모두가 그런 건 아니니까.

"말이 결혼이지, 그냥 성 노예야."

말도 안 통하고 중국 요리나 전통은 하나도 모른다.

그리고 풀어 주면 그대로 도망칠 테니, 납치된 여자를 산 놈들은 당연히 그들에게 족쇄를 채워서 방이나 지하실에 가두어 두고 단순히 성욕 문제를 해결하는 데에만 쓴다.

"사실은 말일세, 얼마 전에도 한번 문제가 된 적이 있지. 외부에는 알려지지 않았지만."

"문제요?"

"그래. 인신매매해 온 여성을 가두고 온 동네가 일종의 성욕 해결을 한 거야."

"미친놈들."

결혼도 못 하고 그렇다고 돈도 없으니, 단순히 성욕 해결을 위해 납치된 여성을 온 동네가 집단 강간하는 사태가 벌어졌다고 한다.

그런데 그 강간범 중 한 명이 임질에 걸렸고 그걸 모른 상태에서 강간해서 여성이 감염된 결과, 온 동네에 있는 남자들뿐만 아니라 그 아내들까지 임질에 걸리는 황당한 사건이 벌어졌다고 한다.

중국은 아무래도 위생 관념이 떨어지는 게 사실이고, 시골에서는 아예 콘돔이라는 게 뭔지도 모르는 놈들이 있을 정도니까.

"그런데 그런 놈들을 추적하는 것이 쉽지는 않은 게, 하위 공안의 부패도 심하단 말이지."

"저희는 그런 건 상관없습니다. 오로지 북한 쪽만 해결하면 됩니다. 헌법적으로 보면 북한의 탈북민들은 대한민국 국민입니다. 애초에 그래서 왕리신 어르신을 찾아온 겁니다."

왕리신의 구역이 북한과 인접해 있어 주요 탈북로 중 하나가 되기 때문이다.

노형진의 말에 왕리신은 골치 아픈 듯 인상을 찡그렸다.

"끙……."

"물론 북한 주민들을 송환해야 하는 처지인 것은 압니다. 하지만 그건 공식적인 의견 아닙니까?"

탈북 브로커들이 공안에 돈을 주면, 그 돈은 결국 왕리신 같은 상위 경찰에게까지 올 수밖에 없다.

"그리고 그러한 탈북자들을 잡아가는 인신매매범들은 그 돈을 왕리신 어르신에게서 빼앗아 가는 거지요."

"이보게, 김 변호사. 자네 말도 맞아. 하지만 그렇다고 해서 내가 섣불리 도와줄 만한 사건은 아니야. 자네도 알다시피 내가 한국으로 탈북민을 보내 주는 건 전혀 다른 문제란 말이지."

몰래몰래 하는 것과 대놓고 하는 건 다르다.

지금까지는 몰래 봐줬지만 그들을 추적하는 순간 대놓고 한국에 보내는 모습이 되어야 한다.

구출된 사람들은 북한 주민이니 공식적으로는 북한으로 보내야 하고 말이다.

"그런데 자네가 그걸 용납하겠나? 그럴 거면 여기에 안 왔겠지."

"그건 그렇습니다만."

"내 입장도 이해를 해 주게."

결국 도와주지 못한다는 거다.

그러자 김성식은 의외로 순순히 고개를 끄덕거렸다.

"이해합니다. 뭐, 어쩔 수 없죠. 나중에 기회가 될 때 도움을 주신다면 감사하겠습니다."

"그때는 기꺼이 그러도록 하지."

그렇게 노형진과 김성식은 술집에서 나와 왕리신과 헤어졌다.

노형진은 왕리신의 말을 곱씹어 보았다.

그의 기억을 읽은 것은 아니다. 하지만 한 가지는 확실했다.

"아무래도 그들과 붙어먹은 것 같지요?"

"그럴 거야."

김성식은 당연하다는 듯 말했다.

사실 예상하고 온 거다.

중국에서 인신매매를 하는 인신매매범들이 중국의 공안과 손잡고 있는 거야 그다지 비밀도 아니고, 왕리신 정도면 최고의 거래 대상이자 관리 대상일 것이다.

더군다나 성향을 보면 부패한 게 뻔하니 손잡았다고 예상하는 것은 어려운 일이 아니었다.

"납치범들이 공안이랑 손을 잡지 않았을 리가 없잖나?"

"그래 보이기는 합니다."

그리고 그 돈은 당연히 최상위 라인까지 올라간다.

한국도 청장급이며 사람 날리는 게 일도 아닌데 중국이라면 더하면 더했지 결코 덜하지는 않을 테니까.

"다만 직접적으로 연관되어 있지는 않을 테고 간접적으로 돈을 받는 모양새겠지만."

"물론 그 돈이 적지 않겠지요."

노형진은 턱을 문지르며 말했다.

"결과적으로 아무런 소득도 없는 건가?"

"아니요. 소득이 없는 건 아닙니다. 한 가지는 확실해졌으니까요. 그들의 추적 및 증거 수집은 모두 공안의 시선을 피해서 해야 한다는 거죠."

최악의 경우 공안에 의해 살해당할 수도 있다.

물론 개소리 같기는 하지만, 중국에서는 그런 말이 절대 농담이나 개소리가 아니다.

"그나저나 문제군. 공권력을 쓰지 못한다면 우리가 그 인신매매 집단을 추적하는 게 절대 쉬운 일이 아닐 텐데."

공권력이 없다면 다른 사람을 써야 하는데, 그건 돈이 어마어마하게 드는 일이다.

더군다나 인신매매 집단이 한두 명이 아닐 거라는 건 당연한 일.

"유럽 쪽이라면 이탈리아 마피아 같은 쪽을 뚫어 보겠지만……."

물론 중국에도 삼합회 같은 대형 조직이 있다.

하지만 마피아와 삼합회는 성질이 너무 다르다.

둘 다 범죄 조직이고 사람 목숨을 파리 목숨보다 가볍게 보지만, 최소한 마피아는 공개적인 약속은 지키려고 한다.

물론 뒤에서는 다른 짓거리를 할 수도 있지만.

하지만 삼합회? 그들에게 약속이라는 건 의미가 없다.

"일단은 실종 라인을 확인해 보지요. 당분간은 꼬리가 붙을 것 같으니까."

노형진은 힐끔거리면서 뒤를 돌아보았다.

저 멀리 자신들을 따라오는 사람들이 보였다.

"귀찮게 되었군."

"뭐, 언제는 안 귀찮았습니까?"

노형진은 시큰둥하게 말했다.

"그리고 그 귀찮음을 이겨 내야 이길 수 있는 법입니다, 후후후."

⚖

노형진은 일단 가장 먼저 그 지역에서 활동하는 한국인 인권 단체들, 즉 탈북민들을 도와주는 사람들을 만났다.

여러 단체가 있었고 그들은 소개받아서 노형진을 만나기 위해 모였다.

"일단 현 상황에서 믿을 만한 브로커는 많지 않습니다."

누군가의 말을 시작으로 여러 가지 의견이 나왔다.

하지만 대부분은 부정적이었다.

"여기서 일하는 브로커들이 많은가요?"

"많지는 않습니다. 그게 문제죠."

현실적으로 브로커를 하기 위해서는 북한과의 인맥이 중요하다.

그런데 그 인맥을 가진 사람들 중에서 위험하게 브로커를 하려는 사람들은 많지 않다.

"브로커라는 건 위험한 직업입니다."

북한에 잡히는 경우 아무리 중국 눈치를 보면서 약한 처벌을 내린다곤 하지만 그건 어디까지나 잡혔을 때의 이야기다.

만일 잡히기 전에 총으로 쏴 버린다거나 하면 결국 해결할 방법이 없다.

"하지만 이야기를 들어 보니 브로커는 두 종류가 있다고 하던데요?"

"맞습니다. 북한으로 직접 들어가는 사람들과 외부에서 그들을 받아 주는 사람들이지요."

북한으로 직접 들어가는 사람들은 일단 내부의 이동을 담당한다.

북한은 거주이전의자유가 없다.

그런데 탈북을 하기 위해서는 어쩔 수 없이 국경 쪽으로 올라와야 한다.

"그런 일을 하는 게 내부로 들어가는 브로커들이지요."

"생각보다 허술한가 보군요."

"허술하다기보다는, 북한의 내부 사정이 그만큼 안 좋은 거지요."

한국으로 치면 공무원들의 월급도 제대로 주지 못하는 상황이고 그나마도 원래 월급 자체가 적다.

당장 북한 공무원의 월급으로는 밀수 시장, 소위 말하는 장마당에서 한 달 치 쌀도 못 사는 게 현실이다.

"그렇다 보니 사실상 내부에서 어느 정도 돌아다니는 건 묵인해 줍니다."

옛날처럼 철저하게 막으면 굶어 죽는 방법밖에 없으니까.

"군 내부에서 사람이 굶어 죽을 정도이니 얼마나 개판인지 아시겠습니까?"

북한은 수십 년째 군 위주의 정책을 운영해 왔다.

그런데 그런 군에서 굶어 죽는 사람이 나온다는 건 심각한 문제라는 소리다.

"오죽하면 한라산 줄기 혈통이라는 말이 있지요."

"네? 그게 뭡니까?"

"탈북자들의 가족이나 이산가족 상봉 등을 통해 남한의 가족을 찾은 사람들을 뜻합니다."

북한은 철저한 계급사회다.

가장 위에 김씨 일가가 있고 그 아래에 그들 말로는 항일투쟁을 했다는 권력자들이 있다.

그리고 그 아래에 있는 것이 대부분 노예 취급받는 국민들이다.

"북한에서는 그러한 위쪽의 권력자들을 백두산 줄기 혈통이라고 부릅니다. 그걸 비꼬기 위해 만든 게 바로 한라산 줄기 혈통이지요."

한라산은 제주도에 있다.

즉, 남한과 선이 있는 사람들을 의미한다.

"그 정도인가요?"

"뭐, 일부에서는 백두산 줄기보다 한라산 줄기가 낫다고 하죠."

다른 남자가 고개를 끄덕거리면서 말했다.

"최소한 죽지는 않으니까요."

북한은 철저하게 연대책임을 지도록 되어 있다.

즉, 백두산 줄기라고 해도 김씨 일가의 눈 밖에 나면 끌려 나가서 그날로 죽는 거다.

"그런데 김정은 같은 놈들은 원한의 씨앗이 남아 있는 것도 두려워하거든요."

그래서 문제가 생기면 당사자뿐만이 아니라 그 일가친척까지 깡그리 죽여 버리는 게 흔하게 벌어지는 일이었다.

설사 살아남아도 북한의 유명한 수용소로 끌려가는 게 보통이다.

"하루하루가 살얼음판이지요. 그런데 최소한 남한과 선이 있으면 죽이지는 않습니다."

"그래요? 의외군요. 바로 끌고 가서 죽일 것 같은데."

"일단 탈북자가 너무 많거든요."

이것이 법이다

그 가족을 다 죽이기 시작하면 그들이 막나간다고 반역을 일으킬 수도 있을 수준의 문제다.

"물론 감시 정도는 합니다만."

그마저도 형식적이다.

특히 그들이 한국에 있는 다른 가족들에게 돈을 받으면 더더욱 이야기가 달라진다.

그 돈 중 일부만 그 지역의 관리자들에게 주면 관리자들은 애써 모른 척해 준다.

그 돈이 있어야 그들도 장마당에서 뭐라도 사서 연명할 수 있기 때문이다.

"사실상 북한의 일반적 경제 시스템은 장마당에 기대서 돌아간다고 봐야 합니다. 평양이 아닌 지방일수록 그러한 현상은 더욱 심하지요."

그래서 중국인들은 그곳을 돌아다니며 영업할 수 있다.

그들을 통해 물자가 들어오기 때문에 북한에서도 굳이 터치하지 않는다.

"그들이 돈을 받아서 보내 주거나 브로커들과 연결해 주거나 국경 지대로 이동할 수 있게 뇌물을 주거나 합니다."

대충 상황은 알겠다. 그리고 그게 의미하는 것도.

"최소한 그 안에서 활동하는 사람들은 그럭저럭 믿을 만하다 이거군요."

"돈 욕심이 많아서 많은 돈을 요구하기는 하지만요."

만일 사기꾼이었다면 가족들이 북한에 있는 사람들에게 주라고 준 돈을 들고 튀거나 하기 때문에 사전에 걸러진다고 한다.

"물론 그들 중에서도 문제가 되는 경우도 있지만, 대부분 오래 못 살죠."

"그래요?"

"네. 북한 사람들이라고 다 중국인을 좋아하는 건 아니거든요."

아무리 중국이 북한에 강한 힘을 발휘한다고 하지만 그래도 어느 정도라는 게 있다.

누군가 진짜로 독하게 마음먹고 고발하면 그는 제대로 재판도 받기 전에 실종 처리될 수도 있다.

차라리 북한의 공무원들에게 신병이 넘겨지면 돈을 주고 풀려나기라도 하지, 동네 주민들에게 넘겨지는 경우에는 두들겨 맞아 죽거나 생매장당할 수도 있다고 한다.

"그래서 내부에서 국경까지 오는 경우는 별로 문제가 없습니다."

그리고 중국인이 그들과 같이 움직이는 경우는 드물기 때문에 그들도 처벌받는 경우가 드물다.

"문제는 북한에서 여기로 넘어오고 나서부터입니다."

북한에서 두만강을 넘어서 중국에 들어오면 북한과 다르게 기댈 만한 사람이 오로지 브로커뿐이다.

한국 사람들이 직접 활동하면 좋겠지만 발각되면 무조건 중국의 감옥으로 끌려가고, 재수 없으면 누구도 모르게 북한으로 끌려갈 수도 있다.

"그래서 보통 중국인 브로커들이 전면에 나서고, 저희는 뒤에서 움직입니다."

어느 정도 안전지대까지 오면 한국 사람이 나서서 그들을 한국으로 보내는 것이다.

일단 북한에서 멀어지면 북한으로 비밀리에 송환될 가능성은 그다지 높지 않으니까.

"그렇게 오는 동안이 문제인 거군요."

"네. 그리고 그것도 두 종류죠."

그나마 브로커를 통해 오는 경우는 사전에 인지하는 것이라도 가능하다.

그래서 문제를 일으킨 브로커는 아예 쳐 내 버린다.

"문제는 비밀리에 넘어오는 탈북자들입니다."

계획하고 넘어오는 사람보다 살기 위해 어쩔 수 없이 넘어오는 탈북자들이 더 많은 게 사실이다.

"인신매매범들은 주기적으로 순찰을 한다고 하더군요."

그렇게 순찰을 하다가 탈북자가 나오면 납치하는 거다.

"아무래도 탈북자는 티가 날 수밖에 없거든요."

설사 아니라도 상관없다.

납치해서 팔아먹을 수만 있다면 북한인이 아니라 그 누구라도 상관없다.

"거기에다가 한국인을 끼지 않고 탈북자들을 포섭하는 놈들도 엄청 많고요."

"그렇게 많습니까?"

"아마 저희 숫자보다 두 배 이상 많을 겁니다."

그나마 거르고 걸러서 문제가 있는 브로커들을 쳐 내기는 하고 있지만, 그들이 따로 활동하는 것까지 막을 수 있는 수단은 없는 것이 현실이다.

"그러면 그들이 공안과 어느 정도의 관계를 가지고 있나요?"

"아주 밀접하지요. 이 지역의 공안이 작심하고 탈북자를 족쳐 내기 시작하면 아무리 그래도 저희도 활동도 못 합니다."

그 말은 이들 역시 공안에게 적지 않은 돈을 주고 있다는 의미다.

'그건 문제가 안 되는데.'

현실이라는 게 그렇다.

마냥 깨끗하고 싶지만 그게 불가능한 게 사실이다.

노형진 스스로도 승리를 위해서는 때때로 부정한 방법을 이용하는 게 사실이니 문제 될 것은 없다.

"그런 납치범들은 저희가 신고할 수도 없으니까요. 그리고 대부분의 그런 납치범들은 뒷배를 두고 있습니다. 그래서 신고하게 되면……."

"아마도 그들에게 살해당하겠군."

김성식도 신중하게 말했다.

그리고 중국의 수사 시스템을 봐서는 그 억울함이 풀릴 만한 가능성은 그다지 높아 보이지 않았다.

일단 납치범들도 일종의 선이 있을 테니, 그렇게 살해당한 시신에 대충 허름한 옷을 입혀서 두만강에 던져두면 그냥 탈북 중에 총에 맞거나 익사한 시신으로 처리될 게 뻔하니까.

"그러면 우리가 해결해야 하는 방식은 두 가지군요. 첫 번째는 이들과 같이 움직이면서 여자들이 넘어오면 빼돌리는 인간들."

그들이 팔아먹은 후 입 싹 씻고 이들에게 넘어오다가 잡혀 갔다거나 총에 맞아 죽었다고 거짓말해도 달리 알아낼 방도가 없으니까.

"두 번째는 따로 움직이는 놈들."

대부분의 범죄를 일으키는 건 그들이다.

당연히 그들을 따로 해결해야 한다.

"전자는 문제가 안 되는데 후자가 문제야."

김성식은 한숨을 쉬며 말했다.

"전자라면 일단 추적해서 덮칠 수 있는데 후자의 경우는 대책이 안 서는군."

"그 순찰한다는 그놈들도 문제고요."

브로커가 아니더라도 살기 위해 넘어온 사람들을 납치해서 파는 놈들도 심각하게 골치 아픈 대상이다.

"더군다나 그들에게 팔려 나간 사람들을 찾아서 다시 데려오는 것도 또 문제군."

노형진은 저절로 한숨만 나왔다.

"뭔 놈의 〈매드맥스〉도 아니고."

"그런 상황이니까 탈북이 가능한 겁니다."

누군가의 지적에 노형진은 입맛을 다셨다.

"하긴 그러네요."

만일 중국 정부가 멀쩡하게 두만강 주변을 감시한다면 현실적으로 탈북은 불가능하다.

중국에 병력이 없는 것도 아니니까.

"어찌 되었건 상황은 대충 알았습니다."

노형진은 테이블을 톡톡 두들기며 말했다.

"아무래도 우리도 직접 〈매드맥스〉를 한번 찍어야 할 것 같군요."

노형진의 머릿속에서 떠오르는 해결 방법은 오로지 하나뿐이었다.

다음 권으로 이어집니다

훨씬 큰 대마법사

한시웅 퓨전 판타지 장편소설

**거침없는 팩트 폭격으로
드래곤조차 눈치 보게 만드는
극강의 꼰대! 아니, 최강의 궁신이 나타났다!**

유일하게 '신'이라 불리는 무인, 궁신 하철혁
자격을 시험받다 우화등선에 실패해
새로운 세상에서 눈을 뜨는데……

내공이 한 줌도 없다?

제로부터 시작하는 이세계 생활에 놀람도 잠시
처음으로 아버지라 느낀 존재가 살해당하고
그 뒤에 모종의 음모가 있음을 알게 되는데!

**이세계에서도 궁신의 신화는 계속된다!
군필도 두 손 두 발 드는 FM 정신으로
안 되는 것도 되게 하라!**

기어코 무대로

공원동 현대 판타지 장편소설

"관심을 받으면 집중이 잘돼요."
사상 최강의 관종(?) 싱어송라이터가 나타났다!

데뷔 직전 사고로 인해 모든 것을 포기한 도원경
삼 년 뒤, 그에게 기적이 일어났다?

사람들의 시선을 받으면 능력이 발현!

너튜브 영상이 대박 나고
서바이벌 오디션 출연 제의까지?

도원경 사전에 더 이상 포기는 없다!
좌절을 딛고, 『기어코 무대로』!